L'épopée
fantastique

L'épopée fantastique

K. A. Applegate

Traduit de l'anglais par
Claude Marie
Révisé par Ginette Bonneau

Les éditions
Héritage inc.

Données de catalogage avant publication (Canada)

Applegate, Katherine

L'épopée fantastique

(Utopia ; 6)
Traduction de : Fear the fantastic.
Pour les jeunes de 12 ans et plus.

ISBN 2-7625-1974-8

I. Marie, Claude. II. Titre. III. Collection : Applegate, Katherine.
Utopia ; 6.

PZ23.A6485Epo 2004   j813'.54   C2003-942005-1

Fear the Fantastic
Copyright © 2000 K. A. Applegate
Édition originale publiée par Scholastic Inc., New York, 1999

Version française
© 2000 Éditions Gallimard Jeunesse
Pour le Canada
© Les éditions Héritage inc. 2004
Tous droits réservés

Infographie de la couverture et mise en pages : Jean-Marc Gélineau

Dépôts légaux : 1er trimestre 2004
Bibliothèque nationale du Québec
Bibliothèque nationale du Canada

ISBN : 2-7625-1974-8   Imprimé au Canada

LES ÉDITIONS HÉRITAGE INC.
300, rue Arran, Saint-Lambert (Québec) J4R 1K5
Téléphone : (514) 875-0327
Télécopieur : (450) 672-5448
Courriel : info@editionsheritage.com

Chapitre 1

En fait, pour résumer, les choses se présentaient plutôt bien. Nous nous étions échappés du pays de Féerie, ce qui n'avait pas été une mince affaire. Nous avions évité de nous faire griller par Nidhoggr, un dragon de la taille de Paris qui garde l'entrée du joyeux Monde souterrain de Hel, la déesse des Enfers. Nous avions réussi à vendre notre moitié de satyre et à en tirer un profit, alors qu'il ne nous avait rien coûté. Nous avions construit le premier réseau de communication du pays de Féerie et nous avions reçu en échange quelques poignées de diamants.

Nous étions riches, sans soucis, des ados heureux, quoi.

Alors, la vie aurait dû être belle, géniale, super, extra, sauf que nous avions une vraie bande de dingues à nos trousses : Loki, un dieu nordique d'une incroyable cruauté ; Hel, sa fille, moitié top model, moitié mort-vivante ; son fils, le serpent

Midgard (à côté duquel Nidhoggr ressemble à un têtard) ; Fenrir, le fils loup de Loki, assez gros pour écraser comme une miette un canapé sous sa patte ; et Merlin, qui n'est pas un fils de Loki et qui n'est probablement pas aussi maléfique que lui, mais qui possède assez de pouvoirs pour vous rayer sans problème de la carte.

Et maintenant, alors que j'ouvrais difficilement les yeux, que j'avais été tiré contre ma volonté du monde réel – où j'essayais de convaincre une fille, sur Internet, que j'étais un jeune millionnaire de vingt-cinq ans – , je réalisai qu'il y avait un petit problème supplémentaire, un autre petit nuage voilant mon ciel habituellement ensoleillé : nous étions sur les terres des Hetwan.

J'ai abordé calmement le problème avec David :

— Ah, regarde ! Mais c'est pas vrai ! Regarde ça ! J'y crois pas, j'y crois pas ! Tu sais ce que c'est ? Ce sont ces dingues de Hetwan. Ils volent, regarde, il y en a des centaines !

David a hoché la tête.

— Il y en a plus que des centaines. Jalil et moi les observons depuis un bon moment.

— Excuse-moi ? Toi et Jalil, vous les observez ? Mais nous devrions détaler comme des lapins effrayés ! Voilà ce que nous devrions faire.

Ils étaient tous les deux dans l'obscurité, regardant calmement le ciel. David, figé dans une pose héroïque, la tête rejetée en arrière, les mains sur les hanches, nullement impressionné ou effrayé, regardait ce défilé d'un air de défi – ou jouait parfaitement la comédie en tout cas. L'imbécile.

Et Jalil observait, d'un air contemplatif, un petit sourire aux lèvres, perdu dans ses profondes pensées, avec sa tête de premier de classe, les bras croisés sur la poitrine.

April était toujours endormie, la tête posée sur son sac comme sur un oreiller, couchée sur le côté, donnant l'impression de quelqu'un qui voudrait qu'un corps chaud vienne se mettre contre elle.

C'était une idée. Mais ce n'était pas vraiment le moment.

— Dans quelle direction as-tu l'intention de fuir, Christopher?

David a montré l'endroit d'où nous venions avec son menton.

— Le pays de Féerie est par là. Je ne crois pas que nous soyons très appréciés là-bas. Nous sommes catalogués comme « amis et alliés » de Nidhoggr. Si nous retournons là-bas, nos petits amis auront vite fait de nous transpercer de centaines de flèches avant même que nous ayons eu le temps de dire : « Ne tirez… pas. »

Il avait raison. Les habitants du pays de Féerie sont plutôt des rapides. Et pas vraiment aussi sympathiques que dans les contes de fées. Tout ce qu'ils veulent, c'est gagner de l'argent, et nous les avons empêchés de s'approprier l'énorme trésor du dragon.

J'ai regardé le ciel éclairé par la lune à travers le sombre branchage des arbres.

Là-haut, où les Hetwan volaient silencieusement en ordre parfait, comme des militaires disciplinés se rendant au réfectoire à l'heure du repas.

Les Hetwan sont des extraterrestres avec des yeux de mouche et une bouche d'insecte, trois petits bras toujours prêts à attraper tout ce qui passe près d'eux. Et ils possèdent aussi des ailes.

Ce sont des créatures carrément effrayantes et antipathiques. En fait, dans le coin, tout le monde est plus ou moins effrayant et antipathique.

Mais le vrai problème avec les Hetwan, c'est qu'ils travaillent pour une espèce de chef des dieux, un patron de la multinationale des divinités, qui a pour habitude de manger ses collègues et de recracher ensuite leurs os. Son nom : Ka Anor. Un méchant. Méchant comment ? Vraiment méchant, très violent, un vrai dur, mauvais, le genre de type qui fait peur à tout le monde. Sans exception.

Le pire des tueurs en série n'est qu'un enfant de chœur à côté de lui.

— Vous savez, moi, j'ai tué des hommes, je les ai découpés en morceaux avant de les mettre au congélateur ou de les cuisiner, mais vous voyez ce type, là ? C'est un vrai dingue !

Loki a peur de Ka Anor. Huitzilopochtli a peur de Ka Anor. Et Huitzilopochtli a pour habitude de manger de la chair humaine.

— Tu crois qu'ils peuvent nous voir? ai-je demandé, en ressentant une soudaine envie de faire pipi, si possible dans des toilettes très loin d'ici.

David a haussé les épaules:

— Je ne sais pas. Probablement pas. Nous ne faisons pas de feu et ils sont plutôt hauts dans le ciel.

— Ils possèdent peut-être un système de vision différent du nôtre, a suggéré Jalil. Ils peuvent être capables de repérer le mouvement ou seulement de voir les ondes ultraviolettes ou infrarouges.

— Hé, tu sais quoi, Jalil? Pourquoi tu ne restes pas là un petit moment pour les observer, et puis tu écriras un article sur eux pour arrondir tes fins de mois, non? «J'ai appris des tas de choses intéressantes sur ces Hetwanus cannibalus avant qu'ils ne me dévorent la tête.» Vous ne vous rendez pas compte de la situation ou quoi?

Jalil a fait cette chose étrange qu'il fait parfois. Il a tourné son regard vers moi sans même bouger la tête, comme un lézard.

— Est-ce que tu te sentirais mieux si j'adoptais un comportement hystérique?

— Oui, oui, sans aucun doute, ai-je répondu. Je serais très rassuré si tu courais dans tous les sens en t'arrachant les cheveux. Au moins, ça me paraîtrait logique. Alors, qu'est-ce que nous allons faire?

David a haussé les épaules.

— Je crois que nous ferions bien d'essayer de dormir. Si nous tentons de nous enfuir en courant, nous ne réussirons qu'à attirer leur attention. Nous sommes tous épuisés. Nous avons besoin de dormir. Je vais assurer le premier quart.

— Non, pas question, c'est moi, ai-je dit. Vous êtes trop inconscients du danger, à force de vouloir vous faire croire « je n'ai peur de rien ». Je vais monter la garde. Je préfère qu'un être humain normalement effrayé s'en charge.

J'ai entendu quelque chose bouger. April.

— Que se passe-t-il ? a-t-elle marmonné.

— Rien. Rendors-toi. Des Hetwan passent au-dessus de nos têtes comme des bombardiers B-59 s'apprêtant à aller détruire je ne sais quelle ville allemande, comme dans les vieux films de guerre. Il n'y a pas de problème. Tu peux te rendormir tranquille. Je te réveillerai quand j'en verrai un te grignoter les orteils.

Évidemment, mes sarcasmes n'ont pas suffi à la faire sortir de sa léthargie. Elle a grogné quelque chose du genre : « Alors bonne nuit. »

— Des B-52, a rectifié Jalil. Les B-59 ont surtout été utilisés contre le Japon.

David m'a passé son épée. L'épée qu'il avait prise au défunt Galaad.

— Tu ne fais pas de bêtise, hein ? Tout va bien ?

— Et pourquoi ça n'irait pas ? ai-je demandé.

Je déteste le regard pénétrant, viril, de David. Son air de cow-boy, mélange de John Wayne et de Clint Eastwood.

— Après tout, ils ne sont que des milliers. Et je suis armé d'une épée légendaire. Il n'y a aucun problème, David.

Il a fait un petit sourire grimaçant, ses dents sont apparues dans la nuit.

— BAU, Christopher.

— Oui, BAU.

BAU : bienvenue à Utopia.

CHAPITRE 2

Utopia.

Un univers différent. Pour le moins.

Quand j'étais petit, dans un parc d'attractions, mes parents m'avaient acheté un ballon. Un drôle de ballon qui se divisait en deux et qui représentait deux figurines différentes.

Utopia, c'est pareil. Un univers à côté d'un autre univers, avec des règles de fonctionnement totalement différentes.

En fait, un jour, tous les vieux dieux, Zeus, Odin, Quetzalcoatl, Daghdha, Baal, Elvis Presley, Jim Morrison, et je ne sais qui encore, et toutes les plus dingues et les plus mauvaises créatures de la gent immortelle qui traînaient dans le coin se sont dit : « Hé, c'est vraiment minable ici, barrons-nous ! »

Et c'est ainsi qu'ils ont créé un nouvel univers complètement différent. Avec des lois et des règles à eux. Ils ont emmené suffisamment de trolls, d'elfes, de nains, de lutins, de satyres, de nymphes et d'humains pour ne pas s'ennuyer.

Parce que, quand on s'appelle Hel, on s'ennuie vite si on n'a pas autour de soi des tas de gens à torturer. Et Huitzilopochtli, qu'est-ce qu'il pourrait bien manger s'il n'avait pas à portée de main des cœurs humains bien palpitants? Des biscuits apéritifs?

Le truc avec les dieux, c'est qu'ils ont besoin d'un public. Enfin bref, les divinités terrestres se sont arrangées avec les divinités extraterrestres. Jusqu'à ce que Ka Anor apparaisse. Il dévore les dieux. Ce qui cause quelques problèmes. C'est une chose de s'attaquer au commun des mortels, mais Ka Anor, lui, fait la peau à ceux qui font habituellement la peau aux autres.

Alors Loki a eu la brillante idée de vouloir retourner dans notre bon vieux monde.

Il a envoyé son fils Fenrir qui, avec l'aide de quelqu'un aux pouvoirs immenses, mais dont on ignore le nom, a ouvert une brèche dans la frontière qui sépare les deux univers avant d'enlever une personne qui pourrait lui servir de lien permanent entre ces deux mondes.

Comme ça, Loki, ou n'importe qui d'autre voulant s'enfuir, aurait la possibilité de passer dans notre monde, le monde réel, pour faire des courses, créer un site Internet, passer à la télé, devenir une célébrité et j'en passe, et des meilleures.

Ensuite, ils refermeraient la porte derrière eux, pour coincer Ka Anor dans l'univers d'Utopia, et commenceraient à s'amuser en mettant le bazar dans notre monde déjà bien perturbé.

Plan astucieux. Et si tout avait fonctionné comme prévu, nos chers amis, Huitzilopochtli, Loki, Hel et les autres, auraient pu fêter Noël à la montagne en famille.

Mais Loki a perdu sa «sorcière», sa porte si vous préférez.

Son nom est Senna Wales. Une fille avec qui je suis sorti autrefois. Une fille étrange, aux yeux gris, au visage à la peau très blanche, carrément belle, mais sérieusement dérangée. Nous n'étions déjà plus ensemble quand Fenrir est venu la chercher sur un quai au bord du lac Michigan. Elle sortait avec David à cette époque. Et David, Jalil, April et moi, nous étions tous là lorsque le premier enlèvement intergalactique de l'Histoire s'est produit.

Et nous avons aussi été entraînés de l'autre côté de la frontière. Enfin, en partie. En fait, nous vivons dans deux mondes à la fois. Il y a un Christopher dans le monde réel, et un Christopher dans le monde d'Utopia. Quand je m'endors à Utopia, je retrouve mon moi du monde réel, qui continue à vivre sa petite vie ennuyeuse comme si de rien n'était.

C'est super. Je peux être sur le point de me faire dévorer par un dragon, puis la minute d'après, m'endormir, et me retrouver devant la télé.

Je vais vous révéler un scoop : la vie n'est pas simple.

C'est ce que j'étais en train de me dire, une fois de plus, là, assis par terre, avec une épée entre les mains, en train de regarder défiler des créatures extraterrestres dans un ciel éclairé par la lune.

CHAPITRE 3

Au bout d'un moment, le défilé des Hetwan a cessé. Je me suis senti soulagé.

J'ai soudain pensé que nous étions probablement la cause de cette migration massive. Ces bestioles devaient sans doute projeter d'envahir le Monde souterrain, mais pour cela il aurait fallu se débarrasser de Nidhoggr, or nous avions réussi à sauver la peau de cette grosse baleine bleue. Donc, retour au bercail.

J'étais sur le point d'aller secouer les autres pour leur annoncer que le show aérien était terminé. Mais ça n'aurait servi à rien et, de toute manière, j'étais réveillé maintenant. Je me sentais tout bizarre, comme lorsqu'on a pris trop de café et qu'on n'a pas assez dormi. Comme au lendemain d'une soirée au cours de laquelle on a bu quelques bières de trop et que l'alcool n'a pas tout à fait eu le temps de se dissiper dans l'organisme.

Enfin bref, j'étais réveillé. Et le ciel obscur se teintait peu à peu de gris. Une fois le jour levé, nous nous remettrions en chemin. Pas assez de sommeil. Pas assez de douches. Pas assez de nourriture. Trop de dingues. Beaucoup trop de luttes et de cris. Voilà qui résumait bien la vie à Utopia.

J'ai ouvert le sac de toile rempli de nourriture que nous avions récupéré au pays de Féerie. J'ai pris une petite miche de pain et j'en ai coupé un morceau. Il était bon. Il sentait bon. Soudain, je me suis senti affamé, et j'ai fini par dévorer presque entièrement la miche.

À la maison, je me serais fait des œufs. Chez moi, nous n'étions pas des fans de grande cuisine. Nous mangions des œufs. Sur le plat. Un peu baveux, pas trop cuits. Ou brouillés, avec un peu de bacon ou de lard grillé. Du jus de fruits. Du lait. Du café.

L'horizon passait du gris au rose. Dans quelques minutes maintenant, le soleil allait paraître au loin. Ou peut-être était-ce un dieu qui s'amusait avec un projecteur surpuissant, allez savoir? Le soleil était-il toujours le soleil, l'univers d'Utopia tournait-il autour de celui-ci? Allez savoir…

— Je vendrais père et mère pour un verre de lait, ai-je chuchoté. Du lait écrémé. Du lait écrémé bien frais. Adieu, maman, j'ai besoin de boire du lait. Je suis en pleine croissance.

Le soleil apparaissait peu à peu. Et soudain un cri, un hurlement, une plainte.

J'ai bondi sur mes pieds. David a sursauté. April s'est retournée brusquement, puis s'est

levée en écartant ses cheveux roux qui lui tombaient sur le visage. Jalil s'est assis.

— Qu'est-ce que c'est? m'a demandé David.

J'ai secoué la tête. Le son s'amplifiait, comme
s'il roulait à la surface de la terre, telle une chorale de chanteurs qui galoperaient droit sur nous.

Et voilà, nous étions tous debout, tous très
très bien réveillés. David a repris son épée.

Le son continuait de s'intensifier, mais ce
n'était pas tant le volume qui montait que l'addi-
tion de nouvelles voix qui faisait naître cet effet-
là. On avait l'impression que cent personnes
s'étaient mises à chanter sur un ton, puis cinquante autres s'étaient jointes à elles sur un
autre ton, et cinquante autres, encore et encore.

À mesure qu'il prenait de l'ampleur, le son se
modifiait subtilement. On passait d'un mar-
monnement à un chant plus structuré. Comme
une psalmodie dans une église: un peu lugubre,
hésitante, mais on sentait que les chanteurs prenaient peu à peu de l'assurance et interprétaient
quelque chose de connu.

Le soleil, le globe de feu, a soudain jailli à
l'horizon, et le son, les voix, la chorale, je ne sais
pas de quoi il s'agissait exactement, a laissé
échapper une grande exclamation de joie.

—Ah! s'est écriée April, se joignant presque
inconsciemment à ce chœur.

Le ciel gris s'est zébré de rose, de bleu pâle et
d'orange, et le son, le son est devenu émouvant.
Il n'était pas menaçant, pas effrayant, mais il

était immense. J'étais comme un cafard se promenant sur un haut-parleur et craignant que quelqu'un ne mette le volume à fond. Le son résonnait tout autour de moi, suivant chaque apparition d'un nouveau rayon de soleil, remplissant chaque espace de lumière gagné sur l'ombre.

Et maintenant, j'y voyais suffisamment pour être très très nerveux. Nous étions au beau milieu d'un paysage qu'on aurait dit dessiné par Salvador Dali, un truc vraiment surréaliste.

Un paysage plat, à la base. Aussi plat que le Kansas. Sauf que quelqu'un était venu avec une cuillère à crème glacée géante et avait creusé des espèces de vallées coniques quasi parfaites. Puis avec la terre, il avait posé çà et là des collines hautes comme des immeubles de trois ou quatre étages.

Nous étions à environ dix mètres du bord d'un énorme trou. Et nous ne le savions pas. Les buissons dans lesquels j'étais allé me soulager durant la nuit n'étaient pas à plus d'un mètre du grand saut dans le vide.

Mais si étrange que soit ce relief, c'est ce qui couvrait les collines, les plaines et les vallées qui nous faisait vraiment prendre conscience que nous étions loin, mais alors très loin de chez nous.

Il s'agissait d'arbres. Leur tronc était comme celui des palmiers, long et tortueux. Comme les érables, les ormes ou les chênes, ils possédaient de robustes branches. Leurs feuilles étaient acérées comme des couteaux de cuisine, d'autres ressemblaient à des étoiles à six branches, à des moules à tarte triangulaires ou à des yeux plissés.

Les feuilles semblaient faites d'écume verte, rose, orange foncé et jaune vif. Certaines étaient comme des miroirs qui réfléchissaient les puissants rayons du soleil, ce qui donnait parfois l'impression qu'elles prenaient feu, ainsi, quand je regardais au fond des vallées, en haut des collines ou vers les arbres qui se balançaient au-dessus de ma tête, j'étais ébloui et aveuglé par les reflets de lumière étincelante.

Le son était produit par les arbres. Lorsque la lumière du soleil approchait, ils marmonnaient par anticipation. Et quand ils étaient touchés pour la première fois par les rayons, ils criaient tout simplement de joie. Enfin, quand leurs miroirs et leurs branchages étaient baignés de lumière, les arbres fredonnaient de satisfaction.

Et cette scène semblait se répéter à l'infini tout autour de nous, à perte de vue. Le seul endroit silencieux, où régnait un calme relatif, était là d'où nous venions.

— C'est beau, a dit April, qui semblait à la fois charmée et incrédule.

— Vous croyez que c'est le pays des Hetwan ? ai-je demandé.

— Il faut croire, a estimé David. Et ce n'est pas tout à fait ce à quoi je m'attendais.

— Et à quoi t'attendais-tu ? a voulu savoir Jalil.

— Je ne sais pas. À voir des termitières ou des fourmilières. Parce que ce sont des insectes, non?

— Ce sont des extraterrestres, a repris Jalil. Je ne sais pas si l'on peut vraiment affirmer qu'il s'agit d'insectes. Ils ressemblent à l'image que nous avons des insectes, hormis le fait qu'ils se tiennent debout.

— Et qu'ils sont très grands pour des insectes, ai-je ajouté.

— C'est magnifique, a continué Jalil. À couper le souffle. Mais ça ne signifie pas que les créatures qui vivent ici soient sympathiques.

— Exact, ai-je approuvé.

— La jungle aussi est belle. Avec ses araignées, ses léopards, ses serpents...

— Tu sais, ai-je remarqué, maintenant que j'ai fait la connaissance du serpent Midgard, il faudrait une sacrée quantité de serpents pour m'impressionner.

— Alors, qu'allons-nous faire? Quelle direction allons-nous choisir? a demandé April.

Elle s'est mise à bâiller.

— Nous avons à choisir entre un mal que nous connaissons et un mal que nous ignorons, a résumé David. Si nous retournons au pays de Féerie, ils ne vont pas nous épargner, on peut en être sûrs, si nous avançons dans ces terres, nous ne savons pas ce qui nous attend.

— La reine de Féerie a expliqué que Ka Anor ne mangeait que des dieux, a rappelé April.

— Mais oui, c'est vrai! me suis-je exclamé. Et cette vieille peau sait sûrement de quoi elle parle, non? Et puis, le Hetwan qui était là n'a pas dit le contraire.

— Les Hetwan ne sont pas très bavards, est intervenu Jalil. Mais je pense que vous avez probablement raison. Je crois que la reine de Féerie sait effectivement de quoi elle parle. Les Féeriens prennent les Hetwan au sérieux, mais ils ne se mettent pas à genoux dès qu'ils entendent le nom de Ka Anor.

Nous envisagions de nous enfoncer plus avant dans le pays des Hetwan. Le paysage et les chants des arbres n'étaient pas sans effet sur nous. Nous étions calmes, nos peurs étaient comme engourdies. J'étais conscient de ça. Mais il semblait difficile d'imaginer que quelque chose de terrible puisse arriver dans un endroit pareil.

– Ka Anor est la cause de tous ces problèmes, a estimé April. Il a déstabilisé les choses. Il a détruit l'équilibre d'Utopia. S'il n'était plus là…

Cette réflexion m'a soudain tiré de ma torpeur, de mon humeur «on n'est pas bien là?».

— Ne recommence pas avec ça, April, l'ai-je prévenue. Notre mission, si nous l'acceptons – mais bien sûr, nous n'avons pas vraiment le choix –, est de rester en vie et de retourner sains et saufs au pays des ceintures de sécurité, des jus de fruits multivitaminés et des «fais bien attention en traversant la rue». Je crois que de vouloir

26

tuer un dingue extraterrestre dévoreur de dieux servi par une armée composée de milliers d'insectes gros comme des singes n'est pas la meilleure façon de mener à bien la mission susnommée ?

Jalil a haussé les sourcils.

— Je ne savais pas que tu connaissais le mot susnommé. Ni que tu étais capable de l'utiliser dans une phrase.

— Même les nuls ouvrent un dictionnaire de temps en temps, lui ai-je répliqué. Alors, tu es d'accord avec ça, Jalil ? Tu penses aussi que c'est à nous de rétablir l'ordre ici, armés d'une épée et d'un couteau suisse ?

Il a remué doucement la tête.

— Non, je ne suis pas d'accord avec ça.

— Moi non plus, a fait David. Militairement, c'est totalement absurde. Quatre personnes ne peuvent pas décider d'attaquer une armée de plusieurs milliers d'individus. Je crois que nous devons continuer notre chemin, sans nous faire remarquer, pour essayer de trouver le moyen de partir d'ici, de retourner le plus vite possible sur notre bonne vieille Terre. Qu'est-ce que c'est que ce bruit ?

— Les arbres, a répondu April. C'est étrange. On est en train de les abattre.

— Qu'est-ce que tu racontes ?

Et soudain, des cris assourdissants. On était effectivement en train d'abattre les arbres. Ils tombaient, les uns après les autres, en hurlant,

en poussant des plaintes terribles. Cela prove-
nait d'une seule direction, et se dirigeait vers
nous comme un raz-de-marée.

Je voyais les cimes s'effondrer au loin. Puis,
tout à coup, j'ai vu les bûcherons.

CHAPITRE 4

Une armée de fourmis. Voilà ce que j'ai pensé tout d'abord. Sauf que ces fourmis étaient énormes. Elles étaient aussi grosses que des poneys. Et à peu près un tiers de leur volume était constitué par leur bouche grande comme une bouche d'égout.

Elles étaient des centaines. Peut-être des milliers. Un troupeau. Un essaim. Une vague immense écrasant les arbres, s'enroulant autour des troncs. Se grimpant les unes sur les autres avec leurs innombrables pattes de rat.

Trois d'entre elles ont fait disparaître un arbre en moins de trente secondes. Une première a mâché le tronc à une vitesse incroyable puis, alors que l'arbre était en train de tomber, une autre s'est précipitée dessus pour finir de le dévorer. La troisième a attrapé la cime, les branches, et s'est jetée sur les feuilles.

Je suis resté un instant pétrifié par la scène qui se déroulait devant mes yeux.

Puis je me suis mis à courir.

Je n'étais pas le seul. Tous les quatre, nous retournions d'où nous étions venus, retour au pays de Féerie, chacun pensant que, tant qu'à mourir, il était préférable de recevoir une flèche dans le cou plutôt que de se faire dévorer et finir en charpie.

Et les arbres criaient tout autour de nous. Comment des arbres pouvaient-ils crier? Ils n'avaient pas de bouche!

«Cours! Ne te pose pas de questions idiotes, cours!»

Des hurlements de terreur, les arbres savaient que les monstres approchaient, qu'ils allaient être déchiquetés. Eux et tout ce qui se trouverait sur leur passage.

— Les trous! s'est écrié David.

Les trous? Mais de quoi il parlait, il devenait fou ou quoi?

«Oui, les trous! Les vallées! Oui, oui, cours!»

J'étais à quelques mètres de l'une d'elles. Juste sur ma gauche, juste à côté d'April qui détalait aussi comme une folle. Deux choses sont vraiment effrayantes: fuir pour sauver sa peau et voir quelqu'un d'autre fuir comme vous. Le visage déformé par la terreur, les yeux révulsés, le visage congestionné, la bouche entrouverte, grimaçante, voilà qui n'est pas très rassurant.

J'ai entendu David pousser un cri déchirant. J'ai jeté un regard vers lui. Et je l'ai vu tomber comme un skieur emporté par une avalanche. Il est tombé à la renverse, en agitant les bras, et il a disparu.

Les dévoreurs d'arbres nous avaient rejoints, nous étions presque à portée de leurs bouches redoutables qui s'agitaient frénétiquement. On aurait dit un rouleau compresseur ruminant, détruisant tout sur son passage, toujours à la recherche d'une nouvelle proie à attaquer. Et la nouvelle proie, c'était moi!

Dix mètres. Ils étaient rapides! Cinq.

J'ai bifurqué vers la gauche. Je me suis cogné contre April. Elle a lâché le juron qu'elle réserve aux situations les plus graves. Nous nous sommes étalés. Je me suis relevé aussi vite que j'étais tombé, comme un ressort. Un seul mouvement, chute et rétablissement simultanés.

Mais je n'avais pas été assez rapide, je sentais des haleines brûlantes derrière moi, des rangées de dents remplissaient mon champ de vision. À mon tour, j'ai poussé un cri et j'ai sauté.

Dans le vide.

April a fait comme moi. Nous tombions tous les deux. En hurlant. Nous avons fait une chute de cinq mètres, peut-être plus, peut-être moins, je n'étais pas vraiment capable de mesurer avec exactitude.

J'ai heurté quelque chose, les talons en avant. Ma tête s'est écrasée dans des buissons. J'ai roulé. Des branches, des feuilles, de la boue, de la boue qui est entrée dans ma bouche. Mes doigts essayaient désespérément d'agripper quelque chose, mes jambes donnaient des coups dans le vide, à la recherche d'une surface plane.

Toujours plus bas. Stop. J'étais contre un tronc d'arbre. Regarder... en bas? En haut? Mes yeux refusaient de m'obéir, refusaient de faire la mise au point. Puis, soudainement, ils se sont concentrés sur un point bien précis.

Ils fixaient un groupe de dévoreurs d'arbres perchés au sommet de la petite vallée dans laquelle j'étais tombé. L'arbre contre lequel je m'étais écrasé – en me cassant certainement les reins – s'est mis à hurler. Je ressentais les vibrations de sa voix dans mon squelette.

J'ai agité les jambes dans tous les sens comme un fou. Mes talons ont heurté quelque chose. J'ai roulé sur le côté, dans la boue, mes jambes sont passées par-dessus ma tête, et je suis tombé de l'arbre qui, trois secondes plus tard, a été sectionné et dévoré durant sa chute.

J'ai essayé de me mettre debout. Ils se sont abattus sur moi. Ces castors géants m'ont plaqué contre le sol. J'ai roulé sur le ventre, ils m'ont grimpé dessus. Un véritable assaut. J'étais fouetté par des centaines de pattes de rat, aveuglé par la boue projetée tout autour de moi. Étouffé par les corps couverts de fourrure lustrée.

Mais personne ne me dévorait.

Puis, soudain, l'accalmie. Ils étaient partis. Et après avoir retiré la boue de mes yeux, de ma bouche et de mon nez, j'ai regardé en haut de la vallée, et j'ai découvert comme une saignée creusée à travers les arbres. Il ne restait plus que des moignons d'arbres. Et encore, si l'on pouvait appeler ça des moignons.

Et en contrebas, sous moi, au fond de la vallée, la même saignée, le même carnage.

La horde de créatures remontait le long de l'autre versant, toujours accompagnée des hurlements de ses victimes.

Je me tenais debout, sous le choc, contusionné. J'avais un goût de vomi dans la bouche. Mon cœur battait si vite et ma pression artérielle était si forte que si quelqu'un m'avait piqué avec une aiguille, j'aurais éclaté comme un ballon trop gonflé.

— April ? ai-je crié.

— Hummm.

— Quoi ?

— Ici, en bas.

Je me suis laissé glisser en bas de la pente. Facile. Bien plus facile que de remonter. April avait la tête que je devais à peu près avoir moi aussi. La tête de quelqu'un qui s'est fait piétiner par des centaines de monstres extraterrestres.

— Tout va bien ? ai-je demandé en lui donnant un coup de main pour l'aider à se mettre debout.

— Bien sûr que je vais bien, a-t-elle répondu nerveusement. Je ne me suis jamais sentie mieux. Partons d'ici. Et vite.

Elle s'est mise en route, mais les versants montaient presque à la verticale.

Et le terrain avait été fraîchement labouré, ce qui ne le rendait pas très praticable.

David et Jalil sont apparus en haut de la colline.

— Mais qu'est-ce que vous faites en bas? a crié David.

— Ce que nous faisons? Nous avons inventé un nouveau sport, le ski sur boue.

— Plutôt raide comme pente, a commenté David.

— Ah bon, tu trouves? a ironisé April. Nous ne l'avions pas remarqué. Hé, Christopher, la pente est raide. Tu vois, c'est ça notre problème, cette cochonnerie de pente trop raide. Tu vois, je suis pleine de boue, de la tête aux pieds, alors je ne suis pas vraiment d'humeur à plaisanter.

La situation était ridicule. David et Jalil étaient sur un terrain relativement plat, à environ six mètres de mes bras tendus. Mais nous étions incapables de parcourir la distance qui nous séparait d'eux. Un véritable mur se dressait devant nous.

— Essayez de vous servir des arbres qui restent, a suggéré Jalil. Vous réussirez peut-être à grimper dessus.

April et moi avons marché tant bien que mal jusqu'à la lisière du terrain dévasté pour aller rejoindre les arbres intacts. J'ai calé mon pied contre un tronc. Mais rien à faire. Aucun arbre ne poussait à côté de celui-ci sur le versant de ce gouffre. J'ai modifié ma tactique, en me mettant dos au tronc et en appuyant mes pieds sur la paroi, mais c'était inutile.

J'ai regardé la partie dévastée. Sauf que tout n'était pas aussi dévasté que tout à l'heure.

— Hé, les arbres repoussent!

Ils ne jaillissaient pas du sol comme des geysers, mais ils poussaient suffisamment vite pour qu'on les voie grandir à vue d'œil. Des branches couvertes de petites feuilles partaient du tronc. Elles poussaient et se solidifiaient. Elles prenaient environ un centimètre toutes les minutes et produisaient un petit son comme un bourdonnement d'abeille.

— Un centimètre par minute, a murmuré April.

— Ce qui fait environ un mètre en une heure, ai-je continué.

— Qu'est-ce que vous êtes en train de manigancer en bas? a crié Jalil.

— Nous sommes en train de nous dire que nous allons peut-être grimper sur une de ces branches et nous laisser remonter comme dans un ascenseur, ai-je expliqué.

J'ai regardé April. Elle ressemblait à un raton laveur. À part le tour de ses yeux, elle était à peu près partout couverte de boue.

— C'est bien à ça qu'on pensait, non?

Oui, apparemment, c'était bien à ça.

Cela a pris des heures, durant lesquelles nous avons patienté, parlé et regardé autour de nous, jusqu'à ce qu'un arbre ait grandi de plusieurs mètres. Puis nous nous sommes installés sur les branches et nous avons attendu. Attendu.

Finalement, je me suis endormi.

CHAPITRE 5

J'étais en ville. Je marchais dans Church Street, je portais des habits exceptionnellement propres.

Normal, je cherchais du travail.

Nous étions le soir.

Apparemment, c'était l'automne, il faisait déjà sombre alors qu'il était à peine cinq heures et demie. Les lampadaires étaient allumés, les phares des voitures aussi, à l'intérieur des magasins, je distinguais des vendeurs fatigués et des acheteurs qui n'avaient pas l'air tellement mieux.

J'ai eu droit au dernier flash d'information, les dernières nouvelles en direct d'Utopia. Apparemment, je/il avait dû s'enfuir pour échapper à une horde de rats géants dévoreurs d'arbres.

Et maintenant, le Christopher d'Utopia était perché sur un arbre qui le remontait peu à peu à la surface d'un immense trou. Je sais, ça peut paraître étrange, mais c'est ainsi.

Retour au monde réel, où je cherchais du travail. Noël n'était pas avant quelques mois, mais il fallait que je commence à gagner de l'argent pour les cadeaux, et pour couvrir aussi quelques dépenses quotidiennes : essence, CD, cinéma…

J'étais ruiné. J'avais été viré de mon dernier emploi dans un dur moment, alors que je venais de perdre le troisième membre de ma famille en huit semaines.

Et c'était reparti pour un tour, décrocher des rendez-vous, prétendre être motivé, serrer des mains et raconter des mensonges.

Je me suis dirigé dans une rue commerçante. Je connaissais bien la ville et chaque boutique du coin. Un peu plus loin, il y avait une grande enseigne jaune citron. Un fast-food. Pourquoi pas ? Ça valait le coup d'essayer.

Avais-je assez de génie pour réussir à mettre une tranche de viande entre deux tranches de fromage ? Apparemment non, le gérant m'a remercié sans ménagements. Retour dans la rue.

La pizzeria. Exactement ce que je recherchais. Je pourrais faire quelques livraisons, recevoir des pourboires, faire le tour de la ville en voiture avec des affiches publicitaires et me faire payer les kilomètres parcourus. Faire des rencontres intéressantes, des jeunes femmes milliardaires dont les maris seraient partis en voyage d'affaires et qui seraient à la recherche de compagnie.

«Tu as raison, Christopher, me suis-je dit, c'est important de rêver, même quand on est un livreur de pizzas.»

J'entre dans la pizzeria. Je sors de la pizzeria. Je suis trop jeune. Ils prennent de préférence des étudiants de l'université.

Évidemment, il faut au moins avoir fait des études supérieures pour faire le tour de la ville et livrer des bières à tous les lourdauds. J'ai failli faire une remarque sarcastique au patron, mais nous commandons parfois des pizzas chez lui et je ne voudrais pas qu'il se mouche dans mon pepperoni.

L'hôtel? Non, c'est un boulot de dingues. La librairie? Pas question, pour me taper tous les étudiants aux oreilles percées et aux cheveux gras. Vendeur de hot dogs? Pas assez bien payé. Le restaurant mexicain? Même pas la peine d'y penser, je ne parle pas espagnol. De toute manière, ça n'est pas vraiment une grosse perte, ce n'est pas mon rêve de préparer des tacos à longueur de soirée.

J'ai remonté la rue en sens inverse. Retour vers l'église. J'ai regardé à gauche. J'ai regardé à droite.

Des chaussures. Je pourrais vendre des chaussures. Quoique... c'est pas la meilleure idée du monde.

Bon, bon, on continue. La brasserie? Non, David y travaille déjà. Le magasin de fringues? Oui, oui, c'est parti.

«Minute», ai-je pensé en passant devant la boutique de photocopies. Voilà qui pourrait me convenir. Faire des photocopies. Ajouter du toner. Rencontrer de superbes étudiantes venues faire des doubles de leurs travaux de recherches. Sujet : «Pourquoi Christopher est le type le plus désirable de la Terre?»

«Comme je le disais, c'est important de rêver, ça t'empêche de réaliser que ces belles filles, en te voyant, se diront : " Oh, non, j'ai intérêt à réussir mes examens, je ne veux pas finir comme ce minable. "»

J'ai poussé la porte.

— Bonjour, est-ce que je pourrais voir le patron?

— Quelque chose ne va pas?

Tiens, en parlant de minable. Le type était petit. Insignifiant. Il s'appelait Keith. Quelle élégance, ces badges que certains magasins font porter à leurs employés, épinglés sur leur chemise.

— Non, je me demandais juste si vous embauchiez du personnel.

Oui, c'était le cas. J'allais postuler pour faire le même boulot que cet avorton.

Keith a haussé les épaules.

— Tu peux toujours rencontrer le patron.

Il m'a fait remplir une demande de candidature. J'ai évité de soupirer. J'étais pressé. Il y avait une émission que je ne voulais pas louper à la télé. Non mais! Plutôt mourir que de la manquer pour un job pareil!

J'ai rempli le formulaire. Le patron est arrivé quelques instants plus tard. Il m'a regardé. Il portait lui aussi un badge avec son nom : M. Trent. Il n'était pas antipathique, mais pas sympathique non plus.

— Christopher Hitchcock ? a-t-il fait en lisant le papier que j'avais rempli.

— Ouais. Enfin, je veux dire, oui. C'est moi.

Le patron aussi était petit, presque chauve, mais il avait un regard intense. Il m'a fixé en ayant l'air de vouloir me faire avouer quelque chose, du genre que je tombe à genoux, les mains tendues vers lui en criant : « Oui, oui, je le confesse, c'est bien moi qui ai essayé de voler des trombones. »

— Ça vient d'où, ce nom, Hitchcock ?

— Hum… je ne sais pas.

— Ta famille est originaire de quelle région ?

J'ai haussé les épaules.

— Mon père vient du Nebraska et ma mère de Naperville.

— Hitchcock. C'est un vrai nom, n'est-ce pas ? Vous ne l'avez pas changé pour qu'il fasse plus américain, hein ?

J'étais sur le point de lui répondre que si, que mon vrai nom, à l'origine, était Kwan Lee Ho, mais je me suis retenu.

— Non, je ne crois pas.

Il a hoché doucement la tête.

— On n'est jamais assez prudent. En Amérique, il n'y a pas que des Américains. Tu comprends ce que je veux dire ?

— Hum, hum.

— Tu commenceras samedi, à dix heures du matin. Précises. Je ne tolère pas les retards.

— Vous ne voulez pas en savoir plus sur moi ? ai-je demandé, en m'apprêtant à lui mentir allègrement.

Et c'est alors que Jalil a crié :

— Alors, t'es dans le coma ou quoi ? Réveille-toi.

Il était à quelques centimètres de moi et il essayait de m'agripper pour me faire descendre de l'arbre. J'ai ouvert les yeux. Je me suis mis à rougir. Je me sentais gêné, mais je ne savais pas pourquoi.

Il a attrapé mon bras. J'ai sauté, juste au moment où April sautait vers David. Je suis tombé comme une masse sur Jalil.

— Oh, doucement ! a-t-il fait.

Je me suis mis debout, en frottant la terre collée à mes genoux.

— Qu'est-ce que tu étais en train de faire dans le monde réel ? Tu dormais aussi ou quoi ? Ça fait cinq minutes que je suis là à hurler : « Réveille-toi, réveille-toi. » April a dû remonter dans l'arbre pour te crier dans les oreilles.

— J'étais… j'étais en train de chercher du travail.

J'ai essayé de chasser un sentiment désagréable qui me hantait.

— Ça me laisse une drôle d'impression.

— Ouais, eh ben ici, c'est pas tellement mieux, a fait remarquer David. Des gens se dirigent vers nous. Il faut qu'on se tire.

— Qui c'est?

— Qu'est-ce que ça peut faire? Tu connais beaucoup de monde habitant ici avec qui tu voudrais faire un brin de causette? Allez, on bouge.

Chapitre 6

Il était tard dans l'après-midi. April et moi avions passé une bonne partie de la journée perchés, tant bien que mal, sur les branches.

Les arbres avaient chantonné leur mélodie sans arrêt. Mais c'est à peine si nous y faisions encore attention. Nous restions cependant attentifs car, la dernière fois, ce sont les arbres qui nous avaient prévenus de l'arrivée d'un danger imminent. Le genre de truc à vous faire aimer la nature. Si nos amis avaient encore des choses à nous dire, nous voulions être sûrs de les entendre.

— Jalil et moi, nous sommes allés en reconnaissance, voir ce qui se passait, a expliqué David. Et nous avons repéré des gens venant dans notre direction. Peut-être une centaine, dans des sortes de chariots tirés par des chevaux. Et des Hetwan marchaient à côté d'eux. C'est tout ce que nous avons pu voir.

— Et c'est suffisant, ai-je ajouté. Allons-y, n'importe où, mais partons.

Nous nous sommes mis en marche, le long du même chemin, pour nous enfoncer plus encore dans les terres des Hetwan, parmi les arbres qui fredonnaient.

David nous avait dit que les gens qui nous suivaient n'avançaient pas vite. Pas question de paniquer, donc, tant que nous continuerions à avancer à cette allure.

Le paysage autour de nous ne changeait pas beaucoup excepté, peut-être, que les arbres étaient plus grands et que la couleur et la forme de leurs feuilles étaient encore plus extravagantes. Comme s'il y avait une différence entre les arbres se trouvant à la lisière de la forêt, moins excentriques, et ceux que l'on rencontrait lorsqu'on pénétrait à l'intérieur, qui se lâchaient complètement.

— Tu es déjà allé à cette boutique de photocopies ? ai-je demandé, à personne en particulier.

— Laquelle, celle du centre-ville ? a répondu distraitement David.

— Non, l'autre, pas celle du centre-ville qui fait partie d'une chaîne. C'est un indépendant, près de la rue piétonne.

— Non, a fait David. Pourquoi ?

— Je crois que j'ai trouvé du boulot là-bas.

— Félicitations, mon grand, est intervenu Jalil, bienvenue dans le monde de la haute technologie. Tu crois qu'ils vont te laisser te servir de la machine à café ?

— C'est sûr que ce n'est pas aussi prestigieux que ta place de découpeur de poulets à la cafétéria du centre commercial.

Jalil s'est mis à rire.

— Oh là, ils ne me laissent pas découper les poulets. Je suis juste derrière le comptoir pour prendre les commandes et servir. Qu'est-ce que tu crois, il faut un entraînement spécial pour devenir découpeur de poulets.

Tout le monde a éclaté de rire. Même moi. C'était étrange de parler de choses normales alors que nous marchions au milieu de nulle part, parmi des arbres multicolores aux feuilles protéiformes qui se balançaient au-dessus de nos têtes.

April a commencé à chanter. Ça lui arrive de temps en temps. Cette fille est capable de se transformer, au choix, en actrice ou en chanteuse. Plus tard, quand j'aurai un attaché-case et que le soir, fatigué et sentant la sueur, j'irai récupérer ma voiture au parc de stationnement pour rentrer chez moi, April sera Céline Dion.

Ne croyez pas que je considère ça comme un compliment.

— Oh non, pas ton espèce de comédie musicale, ai-je grogné.

April fait partie du club théâtre. Ils répètent une comédie musicale. Ce n'est pas vraiment le genre de musique que j'apprécie. Si un jour je veux faire plonger quelqu'un en pleine déprime, je lui offrirai le disque de cette comédie musicale.

— Je l'aime bien, moi.

— Peut-être, mais les chansons de ce machin sont tristes à mourir. Le soleil brille, nous sommes en vie, nous n'avons pas faim, alors quel besoin de supporter des trucs pareils?

April m'a fait un sourire forcé.

— Tu as une meilleure idée ou c'est juste histoire d'être désagréable?

J'ai réfléchi une minute:

— Et que dirais-tu de…

— Non, pas des chansons de génériques de séries.

— Ah. Bon, alors que dirais-tu d'un bon truc qui déménage?

— Christopher, tu es stupide. Et encore, je suis gentille en disant ça. On ne peut pas chanter des trucs qui déménagent en marchant et sans accompagnement. Tu comprends ce que je veux dire?

— De toute manière, les filles ne savent pas chanter le rock, ai-je repris, délibérément provocateur. Elles savent juste pousser des hurlements suraigus en se lamentant sur la bêtise des hommes.

— C'est étrange que ce soit un thème si répandu chez les chanteuses, a répondu sèchement April. C'est vrai, aucune d'entre elles ne te connaît personnellement.

Tout le monde a rigolé. April, contente d'elle, a continué:

— Allez, Christopher. Rien que pour toi. Mais je veux que tu frappes dans tes mains pour donner le rythme.

Elle a entonné la chanson de Friends.

J'ai frappé dans mes mains.

Et c'est ainsi que nous avons continué notre chemin au beau milieu de la forêt de Ka Anor, en chantant à tue-tête une chanson bien rassurante.

Malheureusement, nous n'avons pas été rassurés longtemps, car, à la fin du deuxième couplet, les arbres se sont mis eux aussi à taper dans leurs mains. Enfin, à produire ce son. Et au moment exact où ils devaient le faire dans la chanson.

Et quand April s'est soudainement tue, ils ont continué à chanter, enfin, la mélodie sans les paroles.

— Les arbres chantent la chanson de Friends, s'est étonné Jalil.

— Oui.

— Ils copient la mélodie. Comme s'il s'agissait d'un chant d'oiseau. Un peu comme les perroquets.

— Bien, ça paraît très naturel. Essayons du hard rock pour voir.

Le ciel s'obscurcissait. Le soleil s'était couché, et les arbres poussaient de longs soupirs. Et là, dans la nuit qui s'installait peu à peu, alors que nous tentions de ne pas trop penser à l'endroit où nous nous trouvions, des arbres extraterrestres chuchotaient des mots, des bouts de phrases que nous avions prononcés tout le long du chemin.

— Nous aurions dû chanter ta comédie musicale prise de tête, ai-je murmuré. Je suis sûr que Ka Anor serait directement retourné d'où il vient.

Cependant, en écoutant attentivement, nous distinguions une autre musique. Comme des flûtes dans le lointain.

Et ce n'était pas les arbres, mais bien des instruments.

Et plus près de nous, des rires.

— Ce doit être les gens qui sont derrière nous, a chuchoté David. Comment peuvent-ils être si près?

— Je ne vois rien, a remarqué April en s'accroupissant instinctivement et en essayant de repérer quelque chose entre les troncs d'arbres.

— Nous avons dû faire un détour entre les vallées et les monts, a estimé Jalil. Nous n'avons probablement pas pris le chemin le plus court.

— Je crois qu'ils sont dans cette direction, a fait David en désignant ce qui se trouvait sur notre gauche. Coupons par là, à l'angle opposé de leur angle de marche.

— À l'angle opposé de leur angle de marche? Tu as fait une école militaire ou quoi?

— Venez, allons-y.

David s'est alors retourné avant de se figer. J'ai vu son visage et j'ai tout de suite su que je ne voulais pas me retourner.

Mais je l'ai fait quand même. Ma première intuition était pourtant la bonne. Je n'aurais pas voulu voir ce qu'il y avait derrière nous.

Quatre Hetwan nous fixaient, en silence, et les mandibules de leurs bouches s'agitaient en tous sens.

CHAPITRE 7

Les Hetwan ne bougeaient pas. Mais ils étaient armés. Je n'avais encore jamais vu d'armes pareilles. Ils portaient des sortes de lances, larges à leur base et qui s'affinaient pour devenir aussi pointues qu'une aiguille. Elles faisaient peut-être un mètre de long. Elles étaient d'un marron translucide, comme cette matière dont on fait les médiators pour jouer de la guitare.

David a tiré son épée de son fourreau. Jalil a sorti la lame de son couteau suisse, petite mais incroyablement coupante grâce au savoir-faire des Coo-Hatch. April a agrippé les bretelles de son sac à dos, dans lequel il y avait de l'aspirine, un lecteur de CD personnel et deux bonnes grosses poignées de diamants.

Et moi, je suis resté immobile. Immobile en regrettant, et ce n'était pas la première fois, de ne pas avoir de mitraillette, voire un tank.

— Venez avec nous, vous vous êtes illégalement introduits sur nos terres, a déclaré l'un des Hetwan d'une voix chuchotante.

— Nous ne savions pas, a répondu David en guise d'excuse. Montrez-nous comment sortir et nous partirons immédiatement.

— Venez avec nous, a répété le Hetwan.

— Non.

Le Hetwan nous a dévisagés et, pendant un court instant, j'ai espéré. Espéré qu'il nous laisse effectivement partir.

Puis ils ont pris leurs espèces de lances, ou je ne sais quoi, et ils ont introduit le bout le plus large dans leur bouche terrifiante.

Nous avons entendu très clairement comme le déclic d'une serrure qui se referme ou d'un pistolet qu'on arme.

David a levé son épée, droit vers le Hetwan, comme un avertissement, une menace.

— On n'est peut-être pas obligés d'en arriver là, a-t-il fait.

Un des Hetwan a craché. Une petite boule de salive est sortie de l'extrémité la plus fine de la lance. Une sarbacane. Ces lances étaient des sortes de sarbacanes.

Le crachat a atterri sur le sol, juste entre les pieds de David. Exactement entre les pieds de David.

La poussière sur le sol a commencé à brûler.

David a fait un bond en arrière. Il a brandi son arme, prêt à attaquer.

Un second Hetwan a craché. Cette fois, le liquide a été projeté sur la lame de l'épée, à peu près à mi-chemin entre la garde et la pointe.

Une petite flamme d'environ un centimètre de diamètre s'est immédiatement formée. Le métal brûlait. Et quand la flamme a disparu, il y avait un trou dans la lame.

Les Hetwan venaient juste de brûler de la terre et du métal, je pouvais très bien imaginer ce qui se passerait avec mon visage.

— J'ai une idée : si nous suivions les Hetwan. Ils nous l'ont si gentiment demandé.

David a hésité. Je devinais son cerveau en train de réfléchir à deux cents à l'heure. Il savait que c'était perdu d'avance. Mais il pensait peut-être que nous pouvions résister un peu plus avant de nous rendre. Vous savez, rien que pour l'honneur.

J'étais furieux contre lui. Je ne savais pas exactement pourquoi. Et j'étais mort de peur. Mais j'étais moins effrayé à l'idée de me rendre qu'à l'idée de voir mon nez fondre et brûler sous l'effet de cet acide.

— Eh, je me rends, ai-je annoncé aux Hetwan.

J'ai levé mes mains tremblantes bien haut, les paumes bien en évidence pour montrer que je n'étais pas armé.

Mon geste a forcé David à réagir. Il a baissé son épée et l'a rangée dans son fourreau.

Un des Hetwan a déverrouillé son espèce de super sarbacane portable et il a déclaré :

— Suivez-nous.

Rien de plus. Même pas : « Donnez-nous votre épée et votre couteau. » Ils nous laissaient armés. Grosse erreur. À moins que non et, qu'en fait, ils n'aient pas grand-chose à craindre de nous.

Deux Hetwan sont passés derrière nous, en glissant sur leurs espèces de pattes à coussins. Deux autres ont ouvert la marche.

Et puis l'espoir est revenu aussi vite qu'il était parti. La forêt s'est remise à pousser son cri déchirant.

— Les dévoreurs d'arbres, a remarqué Jalil.

— En effet, c'est le même chant que tout à l'heure. Je crois qu'ils viennent par là.

David s'est mis à parler tout bas, sans trahir aucune émotion, comme si les Hetwan comprenaient les langues étrangères et qu'ils étaient assez naïfs pour se faire avoir par notre petit jeu.

— Quand ils apparaîtront, dès que nous les apercevrons, tout le monde se met à courir aussi loin que possible puis se réfugie dans un trou. Dès qu'ils sont passés, on remonte et on se remet à courir.

— Les Hetwan paraissent trop calmes, a remarqué Jalil.

Il avait raison. Nous étions sur leurs terres. Ils devaient savoir à quoi correspondaient ces lamentations des arbres.

Et au moment où la forêt a vraiment commencé à devenir hystérique, les trois Hetwan qui avaient encore leur lance dans la bouche l'ont enlevée et se sont mis à pousser des cris qui ne ressemblaient à rien de ce que j'avais jamais entendu.

Des cris tout d'abord si aigus que, dans notre bon vieux monde, tous les chiens du quartier se seraient immédiatement mis à hurler. Puis ils sont devenus progressivement plus graves, plus graves encore, pour ressembler peu à peu à une voix de femme, et ils ont alors composé comme la mélodie d'une chanson.

Il n'y avait pas de paroles, tout du moins pas de paroles que je comprenais. Peut-être utilisaient-ils des mots d'un langage extraterrestre inconnu. Enfin, peu importe, on aurait dit une chanson, et plutôt belle.

Les arbres les plus proches ont cessé de pousser leurs hurlements déchirants. Et le bruit fait par les dévoreurs d'écorce s'est perdu dans le lointain.

J'étais stupéfait et déprimé par tout ça. April était sous le charme. Jalil secouait la tête, désolé une fois de plus que les événements à Utopia refusent d'obéir aux lois qui étaient si bien décrites dans ses livres de physique.

Heureusement, David restait David, pour le meilleur et pour le pire.

J'ai entendu le son d'une épée qu'on tirait de son fourreau. J'ai senti un souffle d'air au moment où la lame est passée à quelques centimètres de mon visage avant de venir trancher très nettement le maigre cou des deux Hetwan qui étaient derrière nous.

Les deux autres, qui se trouvaient devant nous, se sont retournés brusquement. David, d'un coup violent de bas en haut, en a tranché un en deux, de l'entrejambe – si l'on pouvait appeler ça un entrejambe – aux épaules. Des viscères gris et violet se sont répandus sur le sol.

Le dernier Hetwan se tenait devant nous, immobile. Il savait qu'il n'avait pas le temps de charger son arme et de tirer. Il restait immobile. Il nous fixait avec ses grands yeux de mouche, les mandibules de sa bouche s'agitant toujours dans tous les sens.

Il savait qu'il était fichu. Comme un cafard sous un jet d'insecticide. Mais David a hésité.

— Est-ce que tu te rends ? a-t-il demandé en pointant son épée droit sur sa face.

— Je suis un serviteur de Ka Anor. Ma mort n'a aucune importance, a répondu calmement la créature.

— Ah oui ? a fait David.

Il a frappé, enfonçant profondément son épée dans la poitrine du Hetwan. Puis il l'a retirée, et il a regardé l'extraterrestre s'effondrer.

Il avait agi froidement. En faisant ce qui devait être fait.

Le visage de David était comme un miroir voilé sur lequel je voyais ma propre horreur. Il s'agissait d'extraterrestres, de simples insectes, mais il s'agissait également de créatures vivantes, et qui ne l'étaient plus.

— Oh, mon Dieu, a marmonné April.

Elle a mis les mains devant sa bouche et a reculé. Son talon a heurté la tête d'un des Hetwan qui a roulé sur le sol. Les mandibules de la bouche continuaient à remuer, de plus en plus lentement.

David a essuyé son épée dans l'herbe. Il paraissait faire une chose normale, tout à fait naturelle. Mais son geste, trop appliqué, trahissait son malaise. Il voulait tout effacer. Pour ne pas se souvenir de ça plus tard.

Lui aussi était effrayé, sans aucun doute. Mais David fonctionne à plusieurs niveaux. Et ce qui le terrifie est aussi un stimulant pour lui.

Finalement, Jalil l'a attrapé par les épaules et l'a gentiment secoué pour le faire sortir de sa transe. David a rengainé son épée. Il n'y avait plus de trou dans la lame. L'épée s'était réparée elle-même.

Nous nous sommes remis en route. La nuit était tombée sur le pays des Hetwan, l'obscurité était presque totale. Les arbres ne chantaient plus. Et nous non plus.

CHAPITRE 8

Pas de lune. Pas d'étoiles. En tout cas, pas que nous puissions voir. Était-ce parce qu'il n'y en avait pas dans cette petite partie d'Utopia ? Ou était-ce parce que le ciel était nuageux ?

Le résultat était le même : il faisait aussi sombre que si on m'avait mis un morceau de tissu noir autour de la tête.

On ne se sent jamais aussi vulnérable que lorsqu'on ne voit rien. On est là, les muscles tendus, les sens en alerte, en attendant que quelque chose vienne nous attaquer, nous dévorer, nous déchiqueter.

Le bruit de nos propres respirations était tout ce que nous entendions. Inspirer, expirer. On devinait la peur dans chaque souffle. Et nos cœurs, dont les muscles souffraient de trop se retenir, étaient douloureux dans nos poitrines. Nos respirations. Nos respirations dans la nuit noire.

Nous trébuchions sans cesse, incapables de distinguer autre chose que des contours flous.

À tout instant nous pouvions tomber tous les quatre dans un de ces trous immenses creusés d'un coup de cuillère à crème glacée géante. Ou perdre quelqu'un en route. Ou rencontrer je ne sais quelle créature maléfique qui ne manquait certainement pas de vivre sur les terres des Hetwan.

Il était trop facile d'imaginer que les gros yeux d'insecte des Hetwan n'avaient aucun mal à voir la nuit. Trop facile d'imaginer que nous formions quatre cibles idéales et on ne peut plus voyantes.

Et puis nous avons vu de la lumière. Chancelante, dorée, à travers les arbres. Des torches peut-être. La lumière se reflétait dans les feuilles-miroirs, se fragmentant pour former comme des milliers de petites lucioles.

— Nous pourrions nous approcher, voir où ces gens se dirigent et les suivre, a suggéré Jalil. Comme ça, nous n'avancerions plus à l'aveuglette.

— Ou nous pourrions tout simplement nous poser ici et dormir, a dit April.

— Ça me va comme programme, ai-je approuvé.

Se coucher dans la nuit et retourner dans le monde réel jusqu'à ce que le soleil se lève au pays des Hetwan. Le moins pire qui puisse nous arriver. J'ai cherché David du regard.

— Alors, mon général, vous en pensez quoi?

— Nous n'avons pas de destination précise, alors nous ne sommes pas vraiment pressés, a-t-il répondu.

Peut-être l'avais-je mal jugé. Peut-être se sentait-il plus mal que je ne le croyais après ce massacre de Hetwan. Ou peut-être pensait-il qu'il devait se donner cet air-là.

Je ne voulais surtout pas que David doute de ses instincts. Je le voulais aussi affûté et tranchant que d'habitude si j'allais dormir.

— Le sommeil est adopté, ai-je annoncé, par trois voix contre une. Jalil est dans la minorité. On pourrait peut-être organiser une manifestation de soutien contre le méchant peuple blanc qui impose sa volonté à nos frères de couleur.

C'était une blague, évidemment.

Mais Jalil ne l'entendait pas comme ça.

— Hé, Christopher, ils sont peut-être en train de brûler des croix là-bas. Vas-y vite, ils auront sûrement un chapeau pointu pour toi.

— Excuse-moi d'avoir cru que tu avais le sens de l'humour.

David s'en est mêlé.

— Mais c'est pas possible, Christopher, tu ne peux pas arrêter deux secondes de dire des horreurs ? T'es idiot ou quoi ? Tu es au milieu des bois avec un Noir et un Juif et tu tiens des propos racistes et antisémites ! C'est pas possible !

J'étais furieux. J'avais fait une blague, une plaisanterie. Et maintenant David prenait la défense de Jalil qui était furieux parce que nous n'avions pas adopté son plan. Juste parce que j'avais fait une blague, je me retrouvais catalogué Ku Klux Klan.

— Allez vous faire voir, ai-je murmuré avant de me reprendre. Allez, je m'excuse auprès de vous trois, parce que, n'oubliez pas, je suis aussi sexiste.

Je me suis assis sur le sol et j'ai attrapé l'un des sacs de nourriture en piteux état que nous transportions avec nous. J'ai mis un petit quignon de pain dans ma bouche et j'ai essayé de ne pas trop penser au fait que je mourais de soif parce que c'était Jalil qui avait la bouteille d'eau et que pour rien au monde je ne voulais lui demander quoi que ce soit.

Puis j'ai commencé à imaginer combien j'allais avoir froid en me couchant sur le sol boueux et à me dire qu'il y avait certainement des tas d'insectes, de prédateurs ou de reptiles qui traînaient dans le coin.

J'étais furieux. Furieux et terrorisé. Et fatigué. Et contrarié. En plus, j'avais soif, ce qui était une véritable torture.

— Vous n'avez vraiment aucun sens de l'humour quand il s'agit de vous, ai-je dit sèchement. Donne-moi l'eau.

J'ai entendu Jalil bouger. Il me cherchait dans la nuit pour me passer l'eau. Son pied a écrasé ma main.

— Hé!

— Quoi?

— Comment ça quoi? Tu viens de marcher sur ma main.

— Je ne l'avais pas vue.

Et puis j'ai fait quelque chose d'idiot. Je me suis approché de l'endroit où je pensais que se trouvait sa jambe. J'ai frappé son genou avec la paume de la main qu'il m'avait écrasée. J'ai dû avoir plus mal que lui, mais il m'a sauté dessus avant que j'aie eu le temps de réagir.

J'ai commencé à taper dans tous les sens, à l'aveuglette. Il faisait pareil. Je crois que je lui frappais le flanc, je sentais ses côtes contre mes genoux. Il me frappait le ventre, mais il n'avait pas beaucoup de force.

— Laisse-moi tranquille! ai-je hurlé.

Nous étions tous les deux en train de grogner, de nous secouer, de nous cogner, quand j'ai senti deux mains m'agripper par le col et me tirer en arrière.

Je suffoquais, j'étais sous le choc, les yeux pleins de larmes, du sang coulait de mes oreilles et sur ma figure. Jalil m'a frappé en plein visage, une constellation d'étoiles a explosé devant mes yeux.

J'ai entendu David crier:

— Arrête Jalil. Je le tiens, arrête tout.

Je me suis libéré, j'ai roulé par terre. Hébété.

— Je vais te tuer! ai-je hurlé, la voix cassée.

— Personne ne bouge, a ordonné David.

Je l'ai entendu tirer son épée de son fourreau.

— Vous deux, vous restez où vous êtes.

— Il m'a cassé l'os de la joue…

— Ils vont nous entendre. Vous allez tous nous faire tuer.

— Trop tard, a prévenu April.

61

Mon cœur s'est figé. Tout à coup, j'ai réalisé clairement que j'avais fait quelque chose de parfaitement stupide. Même si, dans mon esprit, c'était toujours la faute de Jalil.

J'ai regardé autour de moi et j'ai vu de la lumière. Pas beaucoup, et je me suis tout d'abord demandé si ce n'était pas un effet secondaire de la bonne droite que j'avais reçue en pleine figure.

Mais non, il ne s'agissait pas d'une illusion. C'était un ange, ou en tout cas ça se rapprochait sacrément de l'image que je m'en faisais.

La première chose que j'ai remarquée, c'est que c'était une femme ravissante. Et j'avais beau avoir la tête défoncée, j'avais beau être mort de trouille, j'avais beau être furieux contre Jalil, David et April aussi, bien qu'elle n'ait rien fait ou dit, j'étais intrigué. Attiré.

Cet ange était magnifique, avec ses deux yeux verts immenses, ses boucles blondes, sa bouche pulpeuse et ses dents d'une blancheur éclatante.

Et c'est seulement à cet instant, une fois passées mes pulsions lubriques, que j'ai réalisé que cet ange était un homme.

— Bonsoir, a-t-il dit d'une voix chantante à côté de laquelle celle d'April ressemblait à un meuglement de vache. Je m'appelle Ganymède. J'ai été envoyé pour vous inviter à vous joindre à notre fête.

CHAPITRE 9

Nous restions là tous les quatre à le regarder.

Il était grand, mais pas aussi grand que Loki. Et pas impressionnant du tout. Il était presque nu. Son seul vêtement était une sorte de pagne blanc qui semblait prêt à glisser à tout instant de ses fines hanches.

On voyait chacun de ses muscles sous sa peau lustrée, même s'il n'était pas comme ces culturistes avec de gros biceps. Il n'était pas non plus du genre à prendre des produits dopants. Il était mince, mais pas maigre.

Quand il bougeait, on sentait toute sa puissance, on le devinait capable de traverser sans problème un mur de brique. Mais il marchait d'une manière si délicate, comme s'il voulait éviter d'écraser le moindre insecte.

J'ai lancé un regard à David. Il était pétrifié, bouche ouverte, ses arcades sourcilières froncées dans une expression d'anxiété. Cela lui donnait un air complètement stupide. Jalil n'arrêtait pas d'avaler nerveusement sa salive.

April était carrément hypnotisée, admirative et folle de désir à la fois. Elle bavait littéralement.

— Oui, monsieur, mais n'y a-t-il pas des…, enfin, vous savez, des Hetwan par ici?

— Si, effectivement, a répondu Ganymède.

Ses yeux ont exprimé un profond regret.

— En fait, ils vous veulent du mal, je crois, mais Dionysos a eu priorité sur eux pour vous convier à notre fête.

— Bien…, a commencé Jalil avant de s'interrompre, puis de reprendre. Donc, vous êtes en train de nous dire que les Hetwan vont nous tuer si nous ne venons pas rejoindre vos amis.

Ganymède s'est approché de lui. Il a posé sa main sur son bras.

— Chassez ces vilaines pensées de votre esprit. Il y a de la nourriture, du vin, de l'amour. Venez, nous mangerons jusqu'à plus faim, nous boirons jusqu'à plus soif, nous serons joyeux.

— Pour mieux mourir demain, a complété April.

Ganymède a paru surpris.

— Oui, comme vous le dites, nous mangerons, nous boirons, nous serons joyeux, et qu'importe si nous mourons demain.

— Ce n'est pas tout à fait mon opinion, a remarqué sèchement April.

— Qu'est-ce que nous faisons? ai-je demandé.

— Regarde derrière toi, a dit Jalil.

C'est ce que j'ai fait. Et, grâce à la faible lueur de la torche de Ganymède, j'ai aperçu des Hetwan qui se regroupaient dans notre dos. Combien exactement, impossible à dire. Mais suffisamment. Savaient-ils que nous avions tué quatre des leurs ? Certainement.

— Parfait, ai-je dit, allons faire la fête.

Les lumières que nous avions repérées étaient plus loin que nous le pensions, car il fallait faire bien des détours pour éviter les montagnes et les vallées du paysage.

Nous suivions Ganymède.

Les Hetwan marchaient en silence derrière nous. J'aurais voulu qu'on s'arrête quelques instants pour rendre à Jalil le coup de poing qu'il m'avait mis dans la figure. J'étais toujours furieux contre lui. Je veux dire, j'essaie de bien m'entendre avec lui, mais dès que je fais une petite blague, je deviens soudain le grand méchant à abattre.

Mais j'avais du mal à me concentrer sur le sujet parce que Ganymède était juste devant moi.

— Alors, comme ça, vous êtes un dieu ? lui ai-je demandé, toujours extrêmement troublé par sa beauté.

— Je suis l'échanson des dieux de l'Olympe, m'a-t-il répondu. Je dois leur servir à boire. Je suis immortel, mais grâce à l'immense bonté du grand Zeus. Je suis né mortel.

— Alors vous avez eu une promotion? Je ne savais pas que ça marchait aussi pour ça.

— Je viens de Troie. Je jouais dans les champs avec mes amis quand Zeus a regardé en bas et m'a vu. Il m'a trouvé beau. Alors il s'est transformé en aigle immense et il est descendu de l'Olympe pour devenir mon amant.

Personne n'a rien dit pendant environ trente secondes.

— Zeus est homosexuel? me suis-je étonné.

April m'a fait signe de me taire.

— April, ne commence pas, ai-je fait. Il fallait bien que quelqu'un le demande.

— Zeus est un dieu, a repris Ganymède. Le plus grand de tous, le roi de l'Olympe.

— En effet, a approuvé Jalil, et il est aussi marié avec Héra.

— Zeus a plusieurs femmes et de nombreuses autres relations, a expliqué Ganymède.

— Et un paquet d'enfants, a repris Jalil. Héraclès est l'un d'eux, n'est-ce pas?

— Le grand Zeus a effectivement de nombreux enfants, a-t-il confirmé.

Il semblait soudain un peu irrité.

— Zeus est le père d'Athéna, d'Arès, d'Héphaïstos, des trois Grâces, d'Hermès, d'Apollon, des Muses, d'Artémis et, bien sûr, d'Héraclès. Et il fait comme s'il s'agissait là de son seul enfant. Et chaque fois que je parle avec un mortel, c'est la même chose: «Connaissez-vous Héraclès? À quoi ressemble-t-il?»

66

Personne ne demande jamais rien à propos d'Apollon. Pourtant…

Je me suis reculé de quelques pas, en espérant que Ganymède ne remarquerait rien. J'étais retourné au côté de David. Lui et moi ne nous entendons pas toujours parfaitement bien, mais être près de lui ne me dérangeait pas, être près de Ganymède, si. C'est vrai, chacun ses goûts, je n'avais rien contre le fait qu'il préfère les hommes, mais ça me gênait quand même un peu. C'est tout.

Et puis ce Ganymède me rendait nerveux pour une autre raison. Dans le monde normal, je ne suis pas le plus laid des gars, si je devais me donner une note, je me mettrais neuf, enfin en tout cas un bon huit. Mais à côté de Ganymède, je n'étais qu'un gros tas répugnant. Un genre d'Homer Simpson en plus moche.

— Tout ça est quand même étrange, ai-je chuchoté à David. Nous avons droit à un cours de mythologie donné par un top model immortel.

— Hum, hum, a répondu David.

Il paraissait distrait. En fait, il était en train de suivre attentivement Ganymède des yeux.

— Hé, tu vas rendre Senna jalouse ! me suis-je exclamé.

Il s'est énervé et m'a agrippé par la chemise.

— Qu'est-ce que tu racontes ?

J'ai repoussé sa main.

— Oh, doucement, tu étais juste en train de l'examiner d'une manière carrément bizarre, vieux.

— Va te faire voir, Christopher, je ne suis pas homosexuel.

— Ah oui? Moi non plus. Pas le moins du monde.

— Tu es sûr? a-t-il insisté. Tu étais bien près de lui tout à l'heure. C'est peut-être pour ça que Senna t'a plaqué.

— Qu'est-ce que tu insinues?

— Et toi, qu'est-ce que tu insinues? a-t-il répété.

J'ai pris une profonde inspiration. Bon, cette conversation allait trop loin. Ce n'était pas le bon moment pour ça.

— Je n'étais pas en train de l'examiner bizarrement, idiot.

— Moi non plus, ai-je fait.

Nous sommes restés silencieux. Un silence pesant. Nous marchions en essayant de ne pas regarder vers la seule source de lumière à des kilomètres à la ronde.

— Tu sais…

— Quoi? m'a interrompu immédiatement David, sur ses gardes.

— Rien, rien. Je pensais juste qu'Héra ne doit pas être un canon si Zeus en est réduit à regarder les garçons. Bah, oui, c'est vrai quoi? Zeus, tu te rends compte, il peut avoir toutes les filles qu'il veut. Alors, à quoi ça rime tout ça?

— Tu sais quoi? Laisse tomber, m'a répondu David. Nous avons des problèmes plus importants à régler. Les Hetwan, par exemple. Et ce qui risque de nous arriver dans peu de temps. Parce que tu t'imagines peut-être que ce type ne représente aucun danger juste parce qu'il est beau et aimable ?

— Regarde Jalil, mon vieux. Il boit la moindre de ses paroles. Tu crois que Jalil est... Il le regarde vraiment bizarrement.

— Je déteste cet endroit, a murmuré David.

— Alors, quel est le plan, mon général ?

— Je ne sais pas. Nous verrons ce que nous ferons quand nous serons arrivés.

April a ralenti légèrement pour venir nous rejoindre.

— Je n'ai jamais vu de garçon aussi beau, a-t-elle déclaré dans un soupir.

— Ah bon, tu trouves ? ai-je fait nonchalamment.

— Tu n'es pas de mon avis ? Hum, hum, a-t-elle repris, sceptique.

— C'est un gars, a dit David, comme si cela devait suffire à clarifier les choses et couper court à toutes questions.

— Un gars ? Un gars ? Il est l'image même que Michel Ange devait se faire de la beauté lorsqu'il a peint ou sculpté l'homme parfait. Il est l'idéal que chaque femme garde enfoui au plus profond de son subconscient, l'homme à qui elle dirait oui peu importe qu'elle soit mariée, qu'elle ait un copain.

— Oui, dommage qu'il soit homosexuel, hein ? ai-je dit.

April a soupiré.

— Hé, Christopher, tu nous fais le grand chelem : les Noirs, les Juifs, les femmes et les homosexuels.

— Ce n'est pas pareil, a marmonné David qui semblait prendre ma défense.

— Hum, hum. Vous autres, les gars, vous êtes tellement obsédés de toujours vouloir agir virile-ment, d'être bien macho, que vous êtes inca-pables d'apprécier la pure beauté quand elle est devant vous. Il faut immédiatement que vous en fassiez une chose sexuelle. C'est quoi le pro-blème, j'ai comme l'impression que vous n'êtes pas insensibles à son charme, non ?

Elle s'est mise à rire. Un rire moqueur. J'ai rougi.

— Ah oui, et pour toi, ce n'est pas une chose sexuelle, c'est ça ? Tu nous disais pourtant à l'ins-tant que tu serais incapable de lui dire non, n'est-ce pas ?

— Oui, mais je plaisantais. Je suis contre les relations sexuelles avant le mariage.

— Tu ne vas pas me faire croire ça.

— Et si, Christopher. Désolée de tordre le cou à tes fantasmes, mon cher, mais je ne conçois pas le sexe hors du mariage.

Elle a inspiré profondément avant d'ajouter dans un soupir :

— Je disais juste que quand je vois cet immor-tel, ses formes parfaites, je pense être prête pour le mariage. Regardez-moi ces fesses.

— Non, a grogné David.

— Quelles fesses ? ai-je demandé.

— Ah, ah, a repris April, je comprends vraiment votre problème.

— Il n'y a aucun problème, s'est énervé David.

April a éclaté de rire, ce qui m'a rendu vraiment furieux. Et j'étais sur le point de le lui dire, mais nous sommes arrivés à la fête.

CHAPITRE 10

J'ai examiné attentivement la procession, ce qui a détourné mes pensées de ce satané Ganymède. Enfin presque.

La procession comptait environ deux cents personnes. Et j'utilise le terme «personne» un peu abusivement. Parce qu'il y avait des satyres, des nymphes, des habitants du pays de Féerie et, également, des mortels.

La plupart étaient transportés dans d'immenses chariots tirés par de magnifiques chevaux. Certains d'entre eux n'étaient pas plus grands qu'un ring de boxe.

D'autres faisaient la superficie d'une maison de banlieue.

Il y en avait six en tout, couverts de coussins en soie sur lesquels se prélassaient des nymphes bleues, vertes ou jaunes, des satyres poilus aux jambes de chèvre, et des types en tout genre, du plus sophistiqué et coquet au plus gras et bruyant.

Il y avait aussi des femmes. Comme si quelqu'un avait invité tous les plus beaux top models et les actrices les plus sexy du monde au Congrès annuel des créatures de rêve.

Et de la nourriture : des paniers débordants de fruits, du miel dégoulinant, des plats couverts de rôtis, de brochettes de viande grillée, de cuisses de poulet, de cuisses de dinde et de cuisses de quelque chose d'assez gros pour avoir certainement dévoré de la dinde au petit-déjeuner.

Et du vin : du rouge, du blanc, du rosé. Du vin dans de grands tonneaux, dans des outres, dans des seaux, dans des verres, du vin coulant le long des mentons, tachant les vêtements.

Tous les Féeriens, toutes les nymphes, tous les satyres, toutes les superbes femmes et tous les hommes de ce convoi étaient soûls. Ils criaient, riaient, marmonnaient, grognaient, tombaient des véhicules qui pourtant avançaient au pas.

Certains dansaient comme des hystériques sur une sorte de musique inaudible, ou peut-être était-ce de la bonne musique jouée n'importe comment, mais c'était en tout cas une chose que quelqu'un de sobre ne pouvait apprécier.

Et, au beau milieu du plus grand chariot, était affalé un dieu. Il était plus âgé que la moyenne, à moitié chauve, les seuls cheveux qui lui restaient lui faisant comme une couronne blanche. Il avait un nez rouge, qui ne laissait aucun doute sur son penchant pour la boisson, des yeux voilés, perdus dans le vague, et un sourire béat.

— C'est Dionysos, a annoncé Ganymède.

— Le dieu de la fête? ai-je demandé.

— Le dieu de toutes les ivresses, a repris Ganymède tendrement. Mais, officiellement, le dieu du vin.

J'avais déjà rencontré pas mal de dieux à Utopia : Loki, Huitzilopochtli et Hel. J'étais resté sur une mauvaise impression, parce que chacun d'eux avait essayé de me tuer.

Mais Dionysos me semblait complètement différent. Il paraissait vraiment cool. Vraiment très cool pour un vieux.

Un cri de femme. Vous savez, le genre de cri que quelqu'un de complètement ivre est capable de pousser. Puis elle s'est penchée par-dessus la balustrade du chariot de Dionysos, avant de vomir et de basculer la tête la première vers le sol. J'ai entendu le son d'un corps qui s'écrase mollement dans la boue. Mais elle a rapidement été relevée par trois Hetwan et replacée sur le véhicule avant d'aller rejoindre la fête.

Les Hetwan prenaient bien soin du convoi, ils marchaient de chaque côté des chariots. Certains d'entre eux débitaient même les arbres qui risquaient de bloquer le passage.

Il ne faisait aucun doute que, malgré la fête qui battait son plein, les Hetwan, silencieux, n'étaient pas là pour s'amuser. Et la chaîne qui retenait Dionysos par le cou ne faisait que confirmer la chose.

— Ils les emmènent chez Ka Anor, ai-je dit.

Ganymède m'a regardé et j'ai vu des larmes dans ses yeux magnifiques.

— Oui, ils nous emmènent chez Ka Anor. Dionysos et moi, nous allons enfin percer le grand mystère qui jadis me hantait. Mais que j'avais depuis longtemps éloigné de mes pensées.

— Quel mystère ?

— Le mystère de la mort, a-t-il repris.

Puis il a souri.

— Alors mangeons, buvons et soyons joyeux. Car demain, quand nous serons chez Ka Anor, une mort certaine nous attend.

Chapitre II

Les Hetwan nous ont fait monter sur le char de Dionysos. Deux d'entre eux m'ont soulevé en me prenant sous les bras. J'ai poussé un petit cri d'effroi. Est-ce qu'ils savaient que nous avions descendu quatre de leurs copains? Est-ce qu'ils en avaient quelque chose à faire?

Mais mis à part la présence de ces trop nombreux Hetwan, j'avais connu des endroits bien pires que celui-ci. Une nymphe d'un bleu profond m'a tendu un gobelet d'or rempli de vin rouge. J'ai pris une grande gorgée. Pourquoi s'en priver? Je ne savais pas si nous avions des chances de nous en sortir. Les Hetwan avaient réussi à capturer un immortel et un dieu, alors je ne voyais pas bien comment l'on pourrait réussir à s'échapper. Du coup, pourquoi ne pas boire?

Et puis, tant qu'à faire, pourquoi ne pas faire un tas d'autres choses, beaucoup plus drôles que de se battre contre les Hetwan? Par exemple passer une heure avec quelques nymphes bien roulées, histoire de chasser Ganymède de mon esprit.

À cet instant, une superbe blonde à peine revêtue d'une toge s'est effondrée sur moi en criant. Elle m'a fait tomber à la renverse sur une épaisse couche d'oreillers et m'a embrassé sur les lèvres.

— Laisse-le tranquille, a grogné David.

Il s'est baissé, a attrapé la fille par le bras et l'a poussée loin de moi.

— Hé, c'est quoi ton problème ? ai-je crié.

— Ils sont en train de nous conduire chez Ka Anor, tu crois que c'est vraiment le moment de penser à boire et à draguer ?

J'ai approuvé d'un signe de tête.

— Eh bien oui, je pense que le moment est parfaitement choisi.

Un satyre s'est approché d'April, lui a tourné autour, puis s'est mis à la palper.

— Ho !

Elle lui a donné un coup de coude dans l'épaule avant de lui envoyer un direct du droit dans sa face de bouc.

Le satyre a secoué la tête, sonné, puis, ne semblant plus se souvenir ce qu'il était venu faire là, s'est dirigé vers la blonde.

David nous a rassemblés, tous les quatre avec Jalil, en un petit groupe de tueurs d'insectes sans aucune chance de l'emporter.

— Tu sais, tu es triste à mourir, David. Tu ne bois pas, tu ne regardes pas les filles. April ne vaut pas mieux. Comment ai-je pu sympathiser avec des gens comme vous ? Sans parler de Jalil, le seul jeune dans l'histoire de l'humanité qui ne supporte pas les fêtes.

David s'est agenouillé à côté de moi, enfin autant que pouvait lui permettre l'épée qu'il portait à la ceinture. Il m'a attrapé par le col. Grosse erreur. J'ai repoussé violemment sa main. Il n'a pas réagi, mais il n'a pas reculé non plus.

— Tu vas nous écouter, Christopher. Tu fatigues tout le monde, d'accord ? On en a marre. Marre de tes blagues de mauvais goût, de tes réflexions, et surtout marre de ta manière d'être, comme si tout ce qui se passait autour de nous n'était pas ton problème. Change d'attitude.

— Tiens, ça me rappelle quelqu'un, et tu sais qui ? Mon père, qui n'arrête pas de me répéter toujours la même chose : « Change d'attitude, Christopher. »

Il me fixait. Un petit tic nerveux agitait une de ses joues. Il ressemblait à un acteur de série B, mal rasé, le regard intense et sombre.

— Nous formons une équipe, que ça te plaise ou non, Christopher. C'est eux contre nous. Nous n'avons pas le temps de nous battre entre nous.

— David, est-ce que tu te rends compte que tu es en train de rêver ? Il n'y a pas d'équipe. Nous sommes ensemble par accident. Toi et moi, nous ne sommes pas amis, toi et Jalil non plus. Quant à April, tout ce que je voudrais, c'est passer un bon moment avec elle. Voilà ce que je pense.

J'ai attrapé un verre de vin qu'on me tendait, ce qui arrivait à peu près toutes les trente secondes. Sauf que celui-ci m'était proposé par l'échanson lui-même. Ganymède a baissé les yeux vers moi. J'ai pris le verre, j'ai détourné le regard, et il est parti.

— Tu es pathétique, a fait David.

— David, si Senna était là, tu te traînerais à ses pieds. Alors ne me donne pas de leçons. Tu te conduis comme un vrai cow-boy quand elle n'est pas là, mais dès qu'elle approche, tu deviens son jouet.

J'avais fait mouche, j'étais content de le constater. Il a cligné des yeux plusieurs fois. J'ai bu une grande gorgée.

Jalil et April s'étaient eux aussi agenouillés à présent, et nous formions comme un petit groupe de conspirateurs entouré par une énorme fête qui battait son plein.

— La question est de savoir comment nous allons partir d'ici, a dit Jalil. Je crois qu'il vaudrait mieux que l'on tente notre chance maintenant, plutôt que d'attendre d'être dans le château de Ka Anor ou dans je ne sais quel autre endroit où il se trouve.

— Tu parles, nous sommes au beau milieu d'une forêt extraterrestre, en pleine nuit, et entourés d'extraterrestres.

Je me suis mis à rire et j'ai vidé mon verre. Ce vin était incroyablement bon. Incroyablement bon. Je sentais un bien-être indescriptible m'envahir peu à peu.

Étrange, en fait, je n'en avais pas bu tant que ça. Mais il m'avait monté bien vite à la tête. J'avais l'impression d'en avoir vidé tout un tonneau.

J'ai regardé attentivement les visages sérieux de mes compagnons qui m'entouraient. Pas vraiment des rigolos. Enfin bref, j'étais là, dans la lumière, mais cerné par les ténèbres et le danger. Du vin, du sexe, de la musique, des rires et la mort, qui ne tarderait pas à venir, et peut-être même plus tôt que prévu si je provoquais un ou deux Hetwan.

C'est ça la vie, mon gars. Faisons la fête. Faisons la fête et ne pensons pas à Ka Anor. Même si Ka Anor doit nous...

Ne penser qu'à une chose, s'amuser. Un point c'est tout.

April me disait quelque chose. Pas mal cette fille. Mais bon... enfin, si elle ne dit pas non, on pourrait... enfin juste une fois, pour voir.

Plein de poissons dans la mer. Qui a dit ça? Quelqu'un. Des filles tout autour de moi. Du vin. Encore du vin, voilà ce qu'il me fallait. La tête de David bougeait légèrement maintenant. Ils avaient tous leur air sérieux, mais ils ondulaient de façon bizarre. Et Jalil était...

Il a disparu soudain. Tous les trois ont disparu. Volatilisés. La fête était plus animée que jamais, elle se déchaînait autour de nous comme un ouragan. Où étaient-ils tous passés? Ils étaient partis. Je croyais qu'on était une équipe et tout et tout.

Quelqu'un m'a touché. Agréable. Un baiser. Mmmm-mmmm. Du vin, glou, glou, glou.

Oh non, je suis soûl. Je suis trop soûl pour… Essaie de te relever, c'est comme ça qu'on peut se rendre compte si…

Oui, je suis effectivement soûl.

Et maintenant, je n'arrive plus à voir les femmes qui m'entourent. Enfin, je veux dire, je les vois, mais elles sont comme… je ne sais pas. Je vois à travers elles. Des formes. Des mouvements. Mais elles sont comme effacées. Je reconnais le vieil homme, le vieux dieu, Dionysos, en train de rire.

Son image traverse toutes les autres. Il rejette sa vieille tête chauve en arrière, sa bouche est grande ouverte : ha ! ha ! ha ! ha ! Mais je vois à travers les femmes et les hommes, les satyres et les nymphes, et… Oh, non, ce n'est pas vrai, tout n'est qu'illusion.

Rien de tout cela n'est réel, rien d'autre que ce dieu qui rit et qui boit du vin, qui jette des regards concupiscents autour de lui.

Mais il n'est pas la seule chose réelle. Ganymède est là aussi, si je me tourne pour voir.

Mes amis. Les autres membres de notre équipe. David. April. Jalil. Ils étaient ici, parmi les illusions. L'une d'elles, une jeune femme spectrale, un de ces fantômes superbes, était en train d'embrasser Jalil qui avait de plus en plus de mal à résister, je le sentais. Un fantôme qui enfonçait sa langue irréelle si profondément dans sa bouche qu'elle allait bientôt finir par lui lécher le foie.

Les rires s'évanouissaient comme un écho dans le lointain, comme si je me trouvais à l'extrémité d'un long couloir. La musique n'était plus qu'une légère plainte. Même le vin, rouge et épais, couleur de sang, qui, il y a un instant encore, coulait à flots, se transformait maintenant en un liquide clair comme de l'eau.

Le verre brillant était encore là, dans ma main. Celui que m'avait donné Ganymède lui-même.

Je voyais de plus en plus Dionysos, et il me voyait aussi. Son regard était dirigé droit sur moi. Un regard qui transperçait tout sur son passage. Un regard étrange, incroyablement étrange, qui n'avait rien de commun avec ces yeux voilés, ce visage joyeux, un regard qui appartenait à quelqu'un d'autre, à un autre dieu qui utilisait le visage de Dionysos comme un masque.

Le vin. Mon vin. Celui que m'avait versé Ganymède.

Le silence. Plus aucun bruit maintenant, même pas le vent dans les arbres, les craquements du chariot, le bruit de pas des Hetwan – bien réels ceux-là –, le reniflement des chevaux, l'agitation et les rires hystériques de la fête.

Un seul bruit. Le bruit des chaînes. Le bruit des chaînes qui retenaient Dionysos comme un chien.

Dionysos s'est mis à parler sans que sa bouche ne bouge, et j'ai entendu ses mots résonner dans mes veines, dans mon cœur, dans mes muscles et mes os.

— Sauve-moi, a-t-il dit. Sauve-moi, mortel, et je ferai de toi un dieu.

CHAPITRE 12

Soudain, un vacarme assourdissant, comme si j'étais brusquement sorti d'une pièce insonorisée pour me retrouver au beau milieu d'un concert de rock. La musique, les filles, les créatures diverses et variées, les monstres en tout genre, tout cela était de nouveau bien réel, en chair et en son, en train de s'agiter dans tous les sens.

Je me suis levé. L'esprit parfaitement clair. J'ai vu Dionysos, chahutant et plaisantant avec des nymphes et des satyres, un énorme verre de vin de la taille d'une baignoire à la main.

J'ai vu David repousser une créature de rêve et Jalil ne pas en repousser une autre. April était en grande conversation avec Ganymède et recommençait à le détailler des pieds à la tête. Chaque fois que les yeux du dieu quittaient les siens, elle s'empressait de l'examiner en détail avec un petit frisson de satisfaction en soupirant intérieurement : « Il est parfait. »

«Bien, reste calme, me suis-je dit. Il ne faut pas que les Hetwan se doutent de quoi que ce soit. Fais comme si de rien n'était, reste cool, comme d'habitude.»

J'ai agrippé le bras d'une nymphe de toute beauté qui passait par là et je m'en suis servi comme d'un camouflage pour avancer discrètement dans cette assemblée en délire. Je me suis séparé d'elle lorsque je suis arrivé à la hauteur de David.

Je lui ai pincé le biceps en lui faisant un sourire grimaçant et je lui ai dit:

— Tout ça, c'est du vent.

— Va te verser un autre verre, m'a-t-il répondu en s'éloignant.

— Écoute-moi. Mais fais comme si tu ne m'écoutais pas.

Je crois que le ton sur lequel je lui avais parlé l'a impressionné.

— Tout ce que tu vois n'existe pas: les filles, les créatures fantastiques, le vin, tout ça. Le chariot est bien réel, les chevaux aussi, ainsi que Ganymède et Dionysos. Et malheureusement, les Hetwan sont également réels. Mais tout le reste est le pur produit de l'imagination délirante de Dionysos.

— Tu es encore soûl ou quoi?

— Non, j'ai l'esprit on ne peut plus clair. Mais j'étais soûl, effectivement. Jusqu'à ce que Ganymède me fasse boire quelque chose. Et j'ai entendu Dionysos me parler.

— Je perds mon temps avec toi. Tu es encore ivre.

— David, écoute-moi, écoute-moi ou je te jure que je vais te tuer de mes propres mains, espèce de petit Napoléon arrogant et pompeux. Est-ce que j'ai l'air soûl? Est-ce que tu trouves que j'ai du mal à articuler?

Il a plissé les yeux.

— Non.

— Il veut que nous le sauvions.

— Ah oui? Eh bien, moi, je voudrais qu'il nous sauve.

— Les Hetwan pensent que tout ceci est bien réel. Ils le retiennent prisonnier, avec une espèce de chaîne magique ou je ne sais quoi. Mais peu importe, il leur fait croire que cette fête existe vraiment.

David commençait à me prendre au sérieux. Je devinais un début d'activité fiévreuse dans son cerveau.

Il posait les éléments du problème. C'était un début.

— Va voir Dionysos, a-t-il dit, approche-toi de lui, écoute ce qu'il a à te dire. Je vais parler à April et Jalil.

Puis, visiblement irrité, il a ajouté :

— Je ne sais pas ce qu'il s'imagine que nous pouvons faire.

Je me suis frayé un chemin jusqu'à Dionysos. Ce qui n'était pas pour me plaire. J'aurais bien voulu profiter de la fête, moi. Jamais je n'en avais vu ou imaginé de pareille, elle dépassait tout ce qu'on pouvait rêver de mieux. Elle était «la Fête» à l'état pur.

Dionysos était un as dans le genre. Même si tout cela n'était que le produit de son imagination. Mais alors, j'y pensais, il n'y avait rien de mal à boire du vin imaginaire et à draguer des nymphes dénudées irréelles.

Mais là n'était pas la question. Dionysos voulait partir d'ici, et nous aussi, voilà ce qui importait.

«En plus, me suis-je rassuré, si nous réussissons à le libérer, il pourra toujours recréer une fête identique un peu plus tard.»

J'ai donc repoussé gentiment les créatures de rêve qui m'entouraient, refusé le verre de vin qu'on me tendait, et je me suis faufilé tant bien que mal pour m'approcher de Dionysos. Porté par la foule, j'ai finalement atterri sur les genoux du gros dieu. Je me suis penché en arrière et j'ai regardé vers le haut, riant en même temps que lui, et j'ai murmuré :

— Alors, comment pouvons-nous partir d'ici? Vous ne pouvez pas utiliser vos pouvoirs divins contre les Hetwan?

Son gros visage rose affichait toujours le même air rieur. En même temps qu'il s'est adressé à un jeune homme qui passait devant lui, il m'a dit :

— Mes seuls pouvoirs sont le vin, les femmes et la musique. Je crée de la joie et de l'ivresse.

— Et les Hetwan ne boivent pas?

— Non, ils ne boivent pas, les barbares. Cependant...

— Ils aiment les femmes?

Il a grimacé avant d'éclater de rire, pour continuer à tromper les gardes qui l'observaient.

— Ce sont des Hetwan mâles, des sortes de prêtres. Des serviteurs de Ka Anor, d'une loyauté sans faille, incorruptibles. Et cependant, il y a une chose à laquelle ils ne peuvent résister.

— À quoi, aux pizzas?

Il n'a pas réagi.

— Ganymède! a-t-il appelé. Ma coupe est vide!

Ganymède est venu nous rejoindre, laissant April qui l'a suivi des yeux et qui a agité la tête en signe de regret. J'ai vu David s'approcher d'elle et engager une conversation animée. La main de Ganymède était si grande qu'elle aurait pu écraser d'un coup tout un essaim d'abeilles.

— Laisse-moi remplir ton verre, puissant Dionysos, a fait Ganymède.

Il a commencé à verser le vin. En grande quantité.

— Raconte au mortel ce que tu sais des Hetwan. Ce que tu as vu.

Ganymède a acquiescé d'un signe de tête.

— J'ai été capturé avant Dionysos. Six jours avant lui, près de la frontière la plus reculée du territoire hetwan. Le second jour de ma captivité, j'ai vu les Hetwan se conduire de manière très inhabituelle.

Je me demandais bien ce qu'il voulait dire par là, je l'ai laissé continuer.

— Des femelles hetwan sont apparues. Je dis femelles, mais je ne sais pas vraiment si ces créatures en étaient. Mais après ce qui s'est passé, elles ont donné naissance à des petits. Et quand ces femelles sont arrivées… les Hetwan se sont conduits comme de véritables bêtes.

Son histoire était terminée. Alors, comme ça, les Hetwan étaient des bêtes lubriques.

Difficile d'imaginer la scène, mais ça devait être quelque chose.

Dionysos a fait signe à Ganymède de s'éloigner. Je me suis assis. Le vieux dieu me regardait droit dans les yeux.

— Je peux faire croire aux Hetwan que des femelles viennent à leur rencontre. Ganymède t'a expliqué que cela les rend fous comme des satyres devant des nymphes. Et pendant que ces barbares seront distraits, vous pourrez me libérer de mes chaînes et nous pourrons fuir d'ici.

Je l'ai fixé à mon tour.

— On a déjà vu mieux comme plan, non?

— Je vous donnerai l'immortalité, a-t-il répondu. Vous vivrez éternellement, comme Ganymède.

— Et vous ne pouvez pas me donner son corps aussi? Parce que si je possédais son physique, je voudrais bien vivre pour l'éternité. Il n'y aurait pas une femme humaine capable de me résister et…

— L'immortalité ne te suffit pas ?

— Et mes amis ?

— Des dieux, tous ils deviendront des dieux. Mineurs, bien entendu. Il suffira juste de raconter à Zeus ce qu'ils ont fait pour sauver son favori.

— Ganymède ?

— Moi, s'est écrié Dionysos. Tout le monde sait combien nous sommes proches, Zeus et moi.

Il a levé deux doigts et il a essayé de les coller l'un contre l'autre. Mais il était trop soûl pour y arriver. Il a posé sa coupe et il a enroulé tant bien que mal un de ses doigts grassouillets autour d'un autre.

— Nous sommes comme ça, Zeus et moi.

— Ah oui ? J'avais cru comprendre que c'était Ganymède et Zeus qui étaient comme ça. Enfin, bref, mais dites-moi, vous ne possédez pas de superpouvoirs ? Je veux dire, à part votre capacité à créer des fêtes virtuelles ? Vous ne pouvez pas faire le coup du lancer d'éclairs ?

— Non, seul Zeus peut faire cela.

— Super, alors vous ne pouvez pas grand-chose pour nous.

Ganymède s'est penché vers moi.

— Nous pouvons vous emmener dans un endroit sûr. Nous pouvons vous montrer le chemin de l'Olympe.

À ce moment-là, David s'est approché en titubant. Il essayait de paraître ivre, comme l'étaient tous les participants de la fête, mais il faisait pitié à voir. Comme lorsque vos parents dansent le disco.

— Tu sais David, ce serait plus crédible si tu allais vraiment boire un coup, lui ai-je fait remarquer gentiment. Dionysos dit qu'il peut nous offrir l'immortalité et nous emmener loin du pays des Hetwan. Mais pour cela, il faut que nous réussissions à les libérer, lui et Ganymède, et ils ne pourront pas nous aider vraiment, sauf que Dionysos peut créer une diversion un peu spéciale.

David a dirigé son regard vers Ganymède.

— Non, ça a rapport avec la sexualité des Hetwan, ai-je précisé.

— C'est-à-dire?

J'ai haussé les épaules. Dionysos a laissé retomber ses mains sur les chaînes qui lui emprisonnaient le cou.

— Je dois retrouver ma liberté!

— Mieux vaut mourir en essayant de vous libérer que de finir au milieu de tout cela, a déclaré David en montrant d'un geste la fête en délire.

J'ai regardé autour de moi les barriques, les tonneaux et les femmes fantastiquement belles et prêtes à tout.

— Oui, David, tu as raison, mieux vaut mourir.

Je vous jure qu'il ne s'est pas rendu compte que c'était de l'ironie.

Il nous a fallu environ vingt minutes pour mettre au point un plan. Nous nous sommes donné un mal incroyable pour préparer ce qui allait sans aucun doute nous conduire à notre propre perte.

Les Hetwan ne semblaient pas se douter de quoi que ce soit. Ce qui n'était pas très étonnant, ils n'étaient pas tellement habitués aux humains.

Jalil s'était approché de Dionysos avec son petit couteau de poche en acier coo-hatch capable de couper n'importe quoi. Y compris, nous l'espérions, la chaîne qui le retenait prisonnier.

April était à l'avant du chariot avec Ganymède. Ils avaient pour mission de s'occuper des chevaux.

David ? Eh bien David se trouvait à mi-chemin entre l'avant du chariot et Dionysos, prêt à intervenir avec son épée si des Hetwan tentaient quoi que ce soit.

Mon boulot était de conduire Dionysos jusqu'aux chevaux. D'après les autres, c'est moi qui avais le plus d'expérience avec les gens soûls.

David m'a fait signe qu'on pouvait y aller. J'ai regardé Jalil. Il paraissait mal. Ce qui me rassurait, parce que je me sentais mal moi aussi.

— C'est bon, on y va, ai-je dit à Dionysos.

— Un dernier verre ?

— Allez-y ! a glapi Jalil.

Soudain, des bruissements d'ailes sont venus des arbres. Les lumières de la fête, la lumière magique de Dionysos, a éclairé un cauchemar.

Des sacs d'organes. C'est à ça qu'elles ressemblaient, à des sacs transparents remplis de sang et de boyaux, à des ballons pleins d'abats, à de grosses saucisses répugnantes.

Elles faisaient environ un mètre de large et leurs ailes, incroyablement longues, ressemblaient à des ailes de dragon. Des sacs d'abats avec des ailes filandreuses.

CHAPITRE 13

Elles avaient des yeux et des ailes de Hetwan mais, à part ça, je ne me serais pas douté qu'il puisse s'agir de Hetwan. Jamais je n'aurais cru que de telles créatures puissent exister en dehors des jeux vidéo.

Quarante ou cinquante femelles sont sorties de la forêt et se sont dirigées vers nous.

Je me suis rappelé qu'il ne s'agissait que d'une illusion, qu'elles n'étaient pas plus réelles que les autres projections imaginaires de Dionysos.

Mais les Hetwan ne se sont pas posé de questions. Ils se sont précipités en se marchant les uns sur les autres pour essayer d'attraper une des femelles. Leur petite bouche d'insecte s'agitait de manière impressionnante.

Avec sa lame en acier coo-hatch, Jalil a coupé la chaîne qui n'a pas offert plus de résistance qu'un morceau de fromage.

Dionysos s'est mis debout. Il me donnait l'impression de quelqu'un qui ne s'était pas levé depuis des semaines. Je me suis précipité pour lui agripper le bras.

Les Hetwan se sont mis à pousser des hurlements, des hurlements horribles de bêtes affamées. Ils sautaient pour tenter de se saisir d'une femelle et l'entraîner avec eux.

Dionysos a remis sa toge convenablement et s'est dirigé tant bien que mal vers l'avant du chariot. Les participants de la fête imaginaire s'écartaient pour nous laisser passer, mais même comme ça, nous n'avancions pas très vite. Il faut dire que le gabarit de Dionysos était impressionnant et qu'il était soûl comme une bourrique. Il se balançait d'avant en arrière comme un enfant qui fait ses premiers pas.

Jalil et moi le tenions chacun par un bras. Mais nous étions emportés par son poids. Je commençais à le trouver nettement moins sympathique, ce dieu.

Puis je me suis soudainement figé. Deux Hetwan avaient coincé une femelle. Ils étaient en train de la déchirer avec leur bouche, crevant l'enveloppe translucide contenant les viscères tandis que les ailes de la femelle tremblaient convulsivement.

J'ai poussé un gémissement. Dionysos a jeté un regard désolé sur la scène.

— Des barbares, ils n'ont aucun sens de la fête.

Je savais que les femelles hetwan n'étaient que des illusions. Et je savais que chaque espèce possède ses propres méthodes pour se reproduire. Mais je me serais bien passé de voir le traitement infligé à ces femelles, même si elles n'étaient que des sacs de boyaux volants. Je ne voulais pas que ces images restent gravées dans ma mémoire.

Nous avons ensuite assisté à une espèce d'orgie répugnante, digne d'une scène d'abattoir. Les sacs de boyaux volants sont descendus peu à peu vers le sol, formant comme un ballet macabre avec leurs poursuivants.

De plus en plus de femelles se faisaient attraper, déchirer, leurs intestins étaient dévorés ou arrachés, pendant que Dionysos, Jalil et moi avions rejoint l'avant du chariot.

April et Ganymède ont sauté à terre, suivis par Jalil. Ils ont sectionné les liens qui retenaient les chevaux. Ganymède et April ont saisi les rênes. David se tenait au milieu de tout ça, l'air menaçant, mais sans rien avoir à faire et, pendant un court moment, je me suis mis à espérer que tout allait peut-être bien se passer.

C'est alors que certains Hetwan se sont mis à pousser un cri complètement différent.

— Ils savent qu'ils ont été trompés, a observé Ganymède.

— Comment ont-ils su?

— Nous aurions maintenant dû assister à des accouchements. De petits Hetwan devraient sortir des entrailles. C'est leur manière de faire.

Un groupe de Hetwan nous a alors lancé un regard mauvais. Certains étaient encore victimes de l'illusion et ne s'étaient rendu compte de rien. Mais ceux-là se doutaient de quelque chose. Ils se demandaient pourquoi les petits Hetwan n'apparaissaient pas. Ils commençaient à avoir des doutes.

Ils se sont lancés à notre poursuite. David s'est baissé brusquement pour enfoncer son épée dans le ventre d'un des monstres. Il a ensuite roulé sur lui-même en manquant de s'embrocher, avant de se relever d'un bond.

— Vite, montez sur les chevaux! a-t-il hurlé.

April a saisi les rênes du plus grand d'entre eux. Mais il se débattait, visiblement, il n'était pas content. Ganymède et Jalil sont venus lui prêter main-forte, mais le cheval continuait à résister, comme si l'on avait voulu l'emmener à l'abattoir. Tous les trois, en usant de toutes leurs forces, ils ont cependant réussi à le maîtriser pendant que j'aidais Dionysos à grimper dessus.

— Il ne réussira jamais à s'asseoir, ai-je grogné. Dionysos, mettez-vous juste en travers de son dos.

David a abattu un autre Hetwan. Et ceux qui ne s'étaient encore aperçus de rien ont réalisé qu'il se passait des choses étranges. Heureusement, environ un tiers d'entre eux seulement était équipé de l'espèce de sarbacane. « Encore une autre bizarrerie hetwan », ai-je pensé. Je ne savais pas pourquoi certains en avaient et d'autres pas. Tout ce que je savais, c'est que je retenais le poids énorme de Dionysos et que j'essayais de faire grimper ce dieu sur un cheval qui n'avait pas vraiment envie de le porter. Mon dos souffrait le martyre et les veines de mon cou gonflaient sous la pression.

David continuait à fendre l'air avec son épée. Les Hetwan étaient armés. Ils étaient de plus en plus nombreux à se diriger vers nous. Les choses allaient se compliquer. Se compliquer salement même.

Puis j'ai soudain été soulagé du poids qui m'écrasait. Dionysos était sur le cheval. Je vous jure que j'ai entendu l'animal lâcher un juron quand il a dû supporter cette masse sur son dos. Ganymède a soulevé April pour la poser sur un cheval plus chanceux. Quelques Hetwan se sont approchés de moi.

Je n'avais rien. Pas d'arme. J'ai fait un pas en avant, pour être plus près d'eux, et j'ai balancé un uppercut aux deux premiers. Leurs mâchoires ont claqué. Puis j'ai enchaîné par un bon direct du gauche et la tête des Hetwan a éclaté comme un ballon. En faisant le même bruit.

Je me suis tourné vers David et j'ai vu du venin sur son avant-bras. Une petite brûlure de la taille d'une tête d'allumette est aussitôt apparue.

Il s'est mis à hurler. Il a décrit un arc de cercle avec son épée avant de sectionner un Hetwan en deux.

L'orgie était maintenant bel et bien finie. Les Hetwan rappliquaient vers nous en masse. Je ne sais pas combien exactement, peut-être trente, et au moins dix d'entre eux étaient armés de leur espèce de sarbacane empoisonnée.

Et malgré tout ça, la fête battait toujours son plein sur le chariot. Voilà tout ce que Dionysos trouvait à faire. Ce dieu stupide et ivre, cet immortel inconscient ne pensait qu'à sa fête alors que son cheval s'enfuyait déjà parmi les arbres.

Puis, soudain, j'ai revu mon jugement. Les nymphes, les satyres, tous les joyeux fêtards, mâles et femelles, ont sauté du chariot et sont venus à la rencontre de nos poursuivants.

Pas pour les attaquer! Non! Ils voulaient simplement leur montrer comment s'amuser.

Dionysos avait compris quelque chose qui m'avait échappé. Les Hetwan savaient que les sacs à boyaux n'étaient que des illusions, mais ils n'avaient pas réalisé que les participants à la fête n'étaient pas plus réels.

Ils étaient la cavalerie de la dernière chance. Ils se sont précipités pour entourer les Hetwan, pour les embrasser, les agripper, les chatouiller, leur offrir à boire et tout ce qu'ils voulaient d'autre.

Mais les Hetwan ne semblaient pas vraiment apprécier. Ils sont passés à l'attaque. Ils ont tiré des flèches empoisonnées avec leur sarbacane. Les superbes filles se sont mises à pousser des cris. Pas vraiment des cris de douleur, je pense que Dionysos ne possédait pas ça dans son répertoire.

Mais il pouvait imaginer plein d'autres sortes de gémissements.

Toute cette belle assemblée s'effondrait en hurlant des choses comme: «Oh, non, pas ça mon chéri!» ou «Ta mère ne t'a jamais appris comment parler à une dame?»

Pendant ce temps, Dionysos s'éloignait à petits pas sur son animal récalcitrant. April était juste derrière lui. Jalil et Ganymède partageaient un cheval. David et moi n'avions pas cette chance, et nous nous sommes mis à courir comme si nous avions le diable à nos trousses.

CHAPiTRE 14

Nous avons couru jusqu'à épuisement. Les chevaux avaient pris un chemin en pente, c'était déjà ça. Ça nous avait aidés un peu. Nous avions fait un bon temps, enfin je pense, car personne ne nous avait chronométrés. J'avais l'impression d'avoir couru des heures.

Deux Hetwan nous ont repérés au bout d'une demi-heure, mais ils ont fait l'erreur de vouloir nous attaquer seuls et, en plus, ils n'étaient pas armés. Nous les avons tués.

Ensuite, nous nous sommes affalés par terre pour nous reposer. Les chevaux n'en pouvaient plus. Eux aussi s'étaient bien dépensés.

— Je crois que nous avons réussi à fuir, a annoncé Dionysos. Nous allons fêter ça dignement en buvant quelque chose !

Une barrique de vin est immédiatement apparue de nulle part. Ganymède s'est apprêté à l'ouvrir. David s'est aussitôt interposé, il a écarté les jambes, levé son épée et l'a abattue sur la barrique d'où le vin a coulé à flots.

— Nous n'avons pas encore réussi à nous échapper, qu'est-ce que vous croyez ? a-t-il hurlé. Vous pensez que les Hetwan vont se contenter de rentrer gentiment chez Ka Anor et lui apprendre qu'ils ont égaré son dîner ?

Dionysos paraissait stupéfait. Ganymède a froncé les sourcils.

— Il n'y a aucun mal à boire un verre, a protesté Dionysos.

— Vous savez, ai-je dit, je ne suis pas contre le fait de boire un coup de temps en temps, mais je pense que ce n'est vraiment pas le moment.

— Nous sommes en plein territoire hetwan, a continué Jalil. Ils peuvent voler. Ils sont très nombreux. Ils sont capables de voir dans le noir. De notre côté, nous ne sommes que quatre ados, deux dieux, et nous n'avons qu'une épée et un couteau de poche.

— Deux dieux qui n'ont que le pouvoir de créer d'immenses fêtes, ai-je marmonné. Mais ne prenez pas ça pour une critique. En temps normal, vous êtes mes deux divinités préférées, mais un dieu de la guerre nous aurait été plus utile dans la situation présente.

— Tu n'aimerais pas Arès, a fait remarquer Ganymède. Il a très mauvais caractère.

— Ou peut-être que tu n'es pas son genre, ai-je répliqué.

Ganymède a haussé les sourcils comme si je venais de sortir une énormité mais, poli comme il l'est, il ne l'a pas relevée.

— Dix minutes de repos et nous repartirons, a annoncé David. Nous prendrons à angle droit par rapport à la direction que nous avons suivie jusqu'alors, pour les désorienter. Puis nous irons tout droit…

Il s'est interrompu et a lancé un regard en direction des deux immortels.

— Enfin, je ne sais pas où nous devons aller de toute manière. Christopher nous a dit que vous pouviez nous emmener hors du territoire hetwan.

— Assurément, a répondu Dionysos. Nous pouvons vous mener à l'Olympe. Nous y serons tous en sécurité et nous ferons une grande fête! Mes amis de l'Olympe savent s'amuser comme personne.

— Excepté Arès, a ajouté Ganymède. Il a du mal à se détendre.

— Oui, enfin, peu importe, est intervenu David, qui paraissait très tendu lui aussi. C'est par où, l'Olympe?

— Voilà une question que tu ne pensais certainement pas poser un jour, a souligné April.

— L'Olympe est…

Dionysos a regardé autour de lui les arbres qui roucoulaient doucement. Puis il a montré une direction du doigt.

— … par là.

— C'est la direction que nous suivions avec les Hetwan, a observé Jalil qui tentait tant bien que mal de garder son calme. Celle qui mène droit chez Ka Anor.

— Oui, c'est exact. Ganymède et moi sommes loin de chez nous. Nous étions en mission, savez-vous? C'est l'époque des vendanges au pays de Féerie. Et j'ai toujours été invité officiellement aux vendanges annuelles de ce pays. Les Féeriens ont beaucoup de respect pour les habitants de l'Olympe. Et les femmes de Féerie sont... eh bien...

Il a lancé un regard concupiscent, ce qui était plutôt une habitude chez lui.

— Vous vous rendiez au pays de Féerie? s'est étonnée April.

— Et Ganymède aime bien les petits habitants de Féerie, ai-je souligné malicieusement.

Il n'a pas apprécié ma blague, ou il ne l'a pas comprise.

— J'ai juste quitté Dionysos pour aller rendre visite à un ami que je n'avais pas vu depuis longtemps. Les Hetwan m'ont capturé le premier. Et plus tard, j'ai été ramené auprès de Dionysos qui, lui, avait été capturé à la frontière du pays de Féerie. Nous étions surpris, car nous avions traversé le pays des Hetwan, en passant par la grande cité de Ka Anor, sans être importunés.

— Attendez une minute, a dit David. Vous êtes en train de me dire que vous avez pénétré sur les terres de Ka Anor?

— Oui, en effet, a confirmé Dionysos. Bien, nous pouvons prendre un verre maintenant?

— Plusieurs, ai-je répondu.

— Attendez, c'est une plaisanterie ou quoi? a fait Jalil. Pour vous ramener en lieu sûr, nous allons devoir passer chez Ka Anor?

— Par son palais, en quelque sorte, a ajouté Ganymède. Mais les Hetwan ont apparemment décidé de rompre le traité de paix qu'ils avaient passé avec Zeus. Nous devons être en guerre. Sinon, nous n'aurions pas été capturés de la sorte.

— Allez, en route, a déclaré David d'une voix contrariée. Il est temps que nous repartions. Même si les Hetwan doivent penser que nous nous sommes dirigés vers le pays de Féerie. Je ne pense pas qu'ils se doutent que nous sommes ici, et que nous nous apprêtons à nous rendre chez Ka Anor.

— Oui, ça les surprendrait de savoir ça, a ajouté ironiquement Jalil. Les tendances auto-destructrices surprennent toujours les gens.

— Mais c'est effectivement du suicide! me suis-je écrié. Vous êtes tous dingues ou quoi? Dans la cité de Ka Anor, où vivent ces espèces de gros insectes? Nous y passerons sûrement inaperçus, nous serons les seuls à ne pas avoir une tête de mouche!

— Christopher, tu te trompes, est intervenu Ganymède. La grande cité de Ka Anor accueille de nombreuses personnes très différentes.

Beaucoup de mortels s'y rendent pour y faire des affaires. Les Hetwan exportent de nombreuses marchandises, et ils sont très amateurs de livres, d'objets merveilleux et de machines.

— Vraiment ? a fait Jalil.

— Oui, super, maintenant Jalil va vouloir devenir un Hetwan.

— Nous allons peut-être réussir à négocier avec eux, a-t-il repris. Nous avons un objet merveilleux : un lecteur de CD.

— Hé ho, hé ho, on va chez Ka Anor, la la la, la la la, la la, la la ! ai-je fredonné. Je suis tellement déçu que notre chère amie Senna ne soit pas avec nous. Elle se débrouille toujours pour ne pas être là quand ça commence à devenir intéressant, n'est-ce pas ?

Nous avons repris notre chemin dans la direction indiquée par David. À angle droit du chemin que nous suivions précédemment. Enfin, aussi droit que possible parmi les monticules et les trous, sans parler des arbres chantants.

Après deux heures de marche, et de multiples zig-zags imposés par le relief, nous nous sommes dirigés vers l'Olympe.

Inquiet ? Non. J'allais bientôt devenir immortel. Si toutefois je ne mourais pas avant.

CHAPiTRE 15

Nous marchions dans la nuit. Et nous tournions probablement en rond. Dionysos était sur un cheval, nous en avions perdu un et nous nous entassions tous tant bien que mal sur l'autre.

Nous ressassions de sombres pensées, tous les quatre. Enfin, moi en tout cas. Jalil marmonnait pour lui-même. David essayait de paraître sûr de lui et concentré, mais sa brûlure le faisait souffrir énormément. Sa vie n'était pas en danger, il ne s'agissait pas d'une blessure mortelle, mais la douleur devait être intense.

Ganymède restait silencieux et renfermé sur lui-même, malgré les efforts répétés d'April pour engager la conversation. Je ne sais pas ce qu'elle s'imaginait. Zeus était apparemment attiré par les deux sexes, mais Ganymède n'était pas du genre à se retourner dans la rue pour voir une belle fille passer. April ne lui faisait aucun effet et, franchement, je commençais à trouver agaçant qu'elle insiste de cette manière. Les humains n'étaient-ils pas assez bien pour elle? Elle avait des jambes longues et musclées, une élégance naturelle, un charme incroyable. Enfin, c'est ce que les gars devaient penser d'elle. Mais j'étais un peu déçu par son comportement. Comment ne pas l'être par une femme qui n'accorde aucune importance au sens de l'humour, à la beauté intérieure? Ganymède n'avait aucun sens de l'humour. Ce qui n'est pas mon cas.

Dionysos était plutôt pénible. Les fêtards sont drôles quand ils font la fête mais, pour le moment, la fête était interrompue. Retour aux choses sérieuses, mais les seules phrases qui sortaient de sa bouche étaient: «Où sont les filles? Quand allons-nous pouvoir nous abreuver de vin sacré?»

Il n'était pas non plus le dieu le plus dynamique de la mythologie. Il avait beau monopoliser un cheval à lui seul, il voulait s'arrêter toutes les cinq minutes pour se reposer. Sans parler de sa sale habitude de faire apparaître des tonneaux de vin et de bière à tout bout de champ.

Mais il racontait des histoires. Pas toujours intéressantes, mais ça faisait passer le temps.

— Zeus est un bon dieu, un bon camarade, je l'aime comme un père. Il est mon père d'ailleurs, mais vous voyez ce que je veux dire. Mais il a beau être un grand dieu, il ne supporte pas l'hydromel. Il doit boire un hydromel de qualité supérieure, je suppose, car il maîtrise parfaitement ses instincts bestiaux lorsqu'il boit du vin ou de la bière. Mais laissez-le boire quelques tonneaux d'hydromel et vous verrez! Ha! ha! De nombreuses jeunes vierges qui emmenaient paître leur troupeau sur les contreforts de l'Olympe ont vu apparaître Zeus en taureau ou en bélier, soûl et excité, et ha! C'est d'ailleurs ainsi qu'est né Héraclès: Zeus était ivre d'hydromel, à peine capable de marcher. Un jour, je m'en souviens parfaitement, nous étions tous réunis pour goûter au nectar de la vigne, et Zeus a demandé de l'hydromel. Je lui ai dit: «Zeus, mon père, vous savez ce qui arrive lorsque vous buvez de l'hydromel.» Artémis, qui est terriblement prude, s'est alors exclamée: «La moitié des vierges habitant entre Troie et l'Olympe savent ce qui arrive lorsque Zeus boit de l'hydromel. «Seulement la moitié? a hurlé Zeus. Apporte-moi ton plus gros tonneau, Ganymède, j'ai beaucoup à faire!»

April s'est détournée un instant de Ganymède pour dire:

— Je ne comprends vraiment pas pourquoi les gens ont arrêté de vous vénérer.

Dionysos n'a pas saisi l'ironie du propos.

— Qui a arrêté de nous vénérer? a-t-il demandé.

— Mais tout le monde, a répondu April un peu sèchement.

— Mais bien sûr, jeune fille. Comment pourrait-il en être autrement? Nous sommes venus nous installer à Utopia. Et les gens ne peuvent pas continuer à vénérer des dieux s'ils ne les voient pas de temps en temps.

— Oui, April, s'est gentiment moqué Jalil d'un air suffisant. Je me demande bien comment tu peux faire ?

— C'est bien silencieux, a fait remarquer David. Les arbres.

– Oui, j'ai l'impression que le paysage change, a observé Jalil. Nous sommes obligés de faire moins de détours, nous pouvons suivre un chemin plus droit. Les arbres se font moins nombreux. Il y a moins de monticules de terre.

— Mais bon sang, quand est-ce que le soleil se lève ici ?

— Je ne sais pas, mais je pense que nous aurions besoin de prendre un peu de repos, en attendant le jour. Et nous devrions réfléchir avant d'aller plus loin, a fait David.

— Bien, si vous le dites, mon général.

J'ai posé les sacs de nourriture et je me suis allongé sur le sol. Encore une autre nuit à la belle étoile. Génial ! Enfin, je commençais à m'y habituer, ça n'était pas si terrible que ça.

— Oh, mais je peux vous offrir quelques aménagements confortables, est intervenu Dionysos.

— Je suis trop crevé pour faire la fête, ai-je prévenu en bâillant.

— Bien sûr, l'heure est mal choisie pour festoyer, a reconnu Dionysos, même s'il ne semblait pas vraiment convaincu par ses propres paroles.

Apparemment, c'est bien la première fois qu'il disait une chose pareille.

— Je ne suis pas le dieu du sommeil, mais je peux faire quelque chose pour rendre votre repos plus agréable.

Et soudain, au milieu des ténèbres, des tas d'oreillers en soie sont apparus. Ils s'entassaient sur ce qui ressemblait à des tapis persans.

Dionysos a regardé sa création en grimaçant.

— Parfait pour une scène d'orgie, avec quelques jeunes vierges et quelques satyres excités. Tout ça paraît bien vide.

Je me suis allongé sur un traversin de la taille d'un ballot de foin et j'ai ajouté un oreiller sous ma tête. Je savais que tout cela n'était qu'illusion, mais je me sentais bien et j'étais confortablement installé.

Je me suis endormi en quelques secondes. Et, chose incroyable, j'étais également endormi dans le monde réel. Mon subconscient a été submergé d'images de Hetwan, de leurs femelles ressemblant à des sacs d'entrailles, d'arbres déchiquetés.

Dans mon cerveau engourdi flottaient des visions du bras blessé de David, des éclats de rire de Dionysos, et Ganymède.

Mes rêves étaient comme une rivière alimentée par de nouveaux cours d'eau. Leur couleur et leur température se modifiaient au fil du courant. Je me voyais en train de travailler, remettant des feuilles dans le chargeur de la photocopieuse, observant les lumières du copieur s'allumer et s'éteindre, s'allumer et s'éteindre.

Je faisais des photocopies.

Tard le soir, alors que le magasin était fermé. Mon patron était là, en train de boire une bière avec deux autres types. Leurs visages étaient éclairés par la lumière d'un écran d'ordinateur.

Des copies. Des copies que je n'aurais pas dû faire.

Ce n'était pas mon problème. Pas mes affaires. Les gens peuvent copier ce qu'ils veulent, tant qu'ils respectent les copyrights.

Mais ces photocopies-là étaient différentes, ces pages avaient été trouvées dans Internet, imprimées pour être photocopiées en grand nombre.

Tout ça était mal.

Le symbole là, en haut de la page, cette croix aux angles droits…

Mais tout ça n'était qu'un rêve, rien de plus. Un rêve dans un rêve.

Puis mon esprit endormi a glissé vers d'autres songes et d'autres images.

CHAPITRE 16

J'ai rêvé d'April. Elle planait au-dessus de moi, sa robe légère flottait dans le vent. J'ai souri. Mais sa robe s'est solidifiée, puis April s'est mise à grossir, à bourdonner, avant de tomber.

— Aaaah!

Le Hetwan a atterri sur moi. Les mandibules de sa bouche s'agitaient devant ma figure.

Je l'ai repoussé dans un geste de panique. Le Hetwan ne pesait pas bien lourd, pas plus qu'un enfant de dix ans.

J'ai roulé sur moi-même et j'ai crié :

— Hetwan!

Mais tout le monde était déjà réveillé, en train de hurler, en donnant des coups de poing et des coups de pied dans tous les sens. David était au milieu de la mêlée, frappant les insectes extraterrestres avec l'épée de Galaad.

Ils étaient une vingtaine. Ils étaient arrivés en volant. Les cheveux d'April étaient entortillés dans les mandibules de l'un d'eux. Ganymède a donné un violent coup de pied dans un autre qui a été projeté au loin. Dionysos agitait ses grosses mains potelées, mais on ne pouvait pas appeler ça se battre.

Je me suis frayé un passage. J'ai vu un des chevaux terrorisé hennir et s'agiter comme un dément.

L'animal a finalement réussi à briser ses liens et il s'est enfui au galop.

Des armes. Il nous fallait des armes.

Deux Hetwan se sont précipités sur moi. Ils m'ont pris en sandwich et m'ont donné des coups dans la poitrine. Je suis tombé à genoux, chancelant, en essayant désespérément de reprendre ma respiration.

Ils étaient en train de me mâcher tout cru. Je sentais qu'ils déchiraient ma chair, je voyais mon sang couler, j'ai pris une courte inspiration, j'ai donné un coup d'épaule dans une bouche, puis dans une autre. Mais j'étais déséquilibré et je suis tombé face contre terre. Ils étaient sur moi, de plus en plus nombreux. Le visage dans la boue, mes doigts s'agrippaient aux herbes, je me traînais tant bien que mal. Un bâton !

Une branche. De forme recourbée, trop lourde, mais ce serait toujours mieux que mes mains nues. J'ai donné un coup derrière moi qui a frôlé un des insectes.

Soudain, je me suis retrouvé libre. Je n'ai pas pu me mettre debout, mais je me suis accroupi tout en essayant d'avancer. Puis j'ai ressenti comme une brûlure, juste une éraflure sur mon épaule, mais une douleur terrible.

La fureur a grandi en moi. Je me suis retourné, en donnant de grands coups avec ma branche. Elle se terminait en fourche, ce qui n'était pas très pratique.

— Jalil! ai-je hurlé.

Il était tout près de moi. Son couteau à la main. Il a compris ce que je voulais. Il a coupé une première branche, l'a jetée au loin, puis il a sectionné l'autre. Il a ensuite fait une chose à laquelle je n'aurais pas pensé, il a taillé l'extrémité de mon bâton.

J'avais maintenant une arme d'environ deux mètres, légèrement recourbée, avec une pointe acérée.

Je n'ai pas perdu de temps. J'ai frappé un Hetwan en plein dans le ventre. La pointe n'a pas pénétré dans la chair, mais l'insecte est tombé à terre. Je me suis immédiatement attaqué à un autre et, tout à coup, tous les Hetwan se sont repliés.

J'ai entendu les arbres marmonner. Le retour des castors géants? De nouvelles créatures de cauchemar?

Les Hetwan ont disparu dans les ténèbres.

— Ils abandonnent? s'est étonnée April.

— Non, a dit David. Ils sont partis régler un problème plus urgent. Je ne sais pas quoi exactement, mais ils vont revenir. Partons vite, par là!

— Nous sommes très proches de la cité de Ka Anor, a fait remarquer Dionysos.

Et si j'avais eu l'esprit un peu plus clair, j'aurais noté que sa phrase sonnait comme un avertissement.

Mais j'étais trop occupé à courir. Nous étions tous en train de courir à toutes jambes. Nous avions tout laissé derrière nous : nos sacs de nourriture, nos chevaux… Tout sauf notre peur.

Je me suis arrêté brusquement. Très brusquement parce qu'il n'y avait plus rien devant moi.

Mais j'avais été emporté par mon élan, pendant une seconde de trop, si seulement j'avais vu ça plus tôt, je n'aurais pas été en train d'agiter les bras pour essayer de garder mon équilibre, un pied sur la terre ferme, un autre dans le vide.

J'allais tomber.

J'ai jeté mon bâton, en espérant réduire le poids qui m'entraînait vers l'avant.

Une main s'est posée sur mon épaule. April m'a retenu et m'a tiré doucement en arrière. J'étais sur la terre ferme, les deux pieds posés sur le sol.

Mes genoux se sont dérobés sous moi. Je suis tombé dans la boue, les coudes en premier, et j'ai repris mon souffle.

— Qu'est-ce que tu fais, Christo… oh, aaaaah !

C'était Jalil.

Il est passé comme une flèche devant moi avant de s'arrêter juste devant le trou. Il a tout de suite fait quelques pas en arrière.

Les autres sont arrivés, David, Ganymède et Dionysos. J'ai réussi à me relever sur mes jambes flageolantes.

— Merci, nous sommes faits l'un pour l'autre, ai-je dit à April.

Elle m'avait sauvé la vie. Mais je la lui avais sauvée il y a quelque temps. Nous étions donc quittes.

— J'ai bien peur que vous n'ayez pas survécu à cette chute, a fait Ganymède.

— J'aurais eu le temps de mourir dix fois avant de toucher le sol, oui, ai-je répondu.

Nous étions devant le plus grand de tous les trous que nous avions vus jusque-là. On aurait dit un cratère lunaire.

Si j'étais tombé, je serais descendu comme une fusée environ deux cent cinquante mètres avant que la pente ne s'incline légèrement et ne vienne à ma rencontre. Cinquante étages. Cinq fois la taille des montagnes russes. Puis je me serais ensuite mis à glisser ou à rouler sur moi-même pendant environ deux ou trois cents autres mètres.

Bien sûr, j'aurais déjà été réduit en bouillie liquide à ce moment-là.

Puis, progressivement, la pente perdait de son inclinaison, donc, à mesure que je me serais rapproché du fond, j'aurais roulé plus horizonta-lement que verticalement. Mais cela n'aurait pas changé grand-chose pour moi, démembré et bel et bien mort comme je l'aurais été.

Des pics de glace se dressaient çà et là. Enfin, c'est ce à quoi ils ressemblaient. À de la glace noire et brune, couleur rouille ou blanche comme du lait. Mais de la glace bien dure, coupante comme des éclats de verre. On aurait dit que quelqu'un avait fait exploser une bombe nucléaire pour creuser ce trou, puis qu'il avait bombardé les parois de rayons laser et qu'il avait attendu que le sable et la poussière se solidifient. Après de nombreux tremblements de terre et autres catastrophes naturelles, ces protubérances se seraient affûtées comme des rasoirs, si bien que quiconque tombant là-dedans se retrouverait immédiatement transformé en steak haché.

Le cratère faisait peut-être huit kilomètres de diamètre, il était difficile de le dire avec précision. Rien ici ne ressemblait à quelque chose de connu. Il n'y avait aucun moyen de comparer.

Une espèce de tour s'élevait au milieu du cratère. Ou une ville. Ou une aiguille géante. Elle faisait bien, au minimum, deux kilomètres de large à sa base. Probablement plus.

Les parois du cratère se reflétaient dessus. La tour, la cité, ou je ne sais quoi, semblait avoir poussé du fond du gouffre. Elle était couleur de sang séché.

Sa finition était très imparfaite, grossière, mais elle s'élevait à peu près symétriquement aux parois et elle faisait la même hauteur. Comme si quelqu'un avait pris un immense couteau et avait coupé net le bout de ce haricot vert géant. Le sommet, coupé à angle droit, était creux. Les étoiles, le soleil, la lune et tout ce qu'il y avait au-dessus paraissaient pouvoir être avalés à tout moment.

On aurait vraiment dit une immense aiguille hypodermique.

— C'est une sarbacane, a dit April. Ça ressemble aux armes des Hetwan.

Elle avait raison. C'était le même modèle que leurs super sarbacanes. En plus grand. De la même manière que l'Everest est plus grand que les châteaux de sable que l'on fait sur la plage avec une pelle en plastique.

Le sommet de l'aiguille se trouvait donc au même niveau que nous. Quelqu'un perché à son sommet aurait eu une vue panoramique sur tout ce qui se passait autour du cratère.

Une lueur brillait à l'intérieur de l'aiguille. Une lueur verte clignotant au rythme d'une respiration.

Quelque chose vivait là. Et j'avais une idée de qui ça pouvait être.

Et beaucoup d'autres choses vivaient le long de l'aiguille. Des êtres qui avaient construit leurs habitations comme certains peuples construisent leurs maisons le long des parois boueuses des falaises.

C'était une véritable ville, des immeubles aux lumières scintillantes, des magasins à chaque coin de rue.

Tout au fond, sur le terrain plat qui courait entre les parois du cratère et la base de l'aiguille, il y avait une série de lacs circulaires. Ils étaient longs comme deux terrains de football et avaient la forme d'énormes haricots rouges. Ils étaient disposés de telle manière qu'ils ne se touchaient pas, mais qu'ils se surplombaient les uns les autres. Il était possible de parcourir cette ceinture de lacs, mais en faisant sans cesse des détours incroyables.

Et pas question de prendre un bateau pour aller faire une petite virée. Parce que, à première vue en tout cas, ces lacs semblaient remplis de lave.

— Ah! s'est exclamé Dionysos en prenant appui sur moi. La cité de Ka Anor. Vous ne voulez pas qu'on boive quelque chose pour célébrer ça?

Je ne voulais pas céder à la panique. Je désirais avant tout garder mon calme. Je choisissais donc soigneusement mes mots, et alors que j'étais sur le point d'exploser, David m'a devancé.

— Mais vous ne pensez vraiment qu'à ça, espèce de vieillard sénile! a-t-il rugi. Vous ne voyez donc pas où vous nous avez conduits? Non?

Dionysos l'a regardé, à peine surpris.

— Mais vous saviez que nous devions passer par la cité de Ka Anor.

On aurait dit que la tête de David était sur le point d'exploser. En temps normal, cela m'aurait fait rire.

— Vous ne nous aviez pas présenté les choses

comme ça. Vous ne nous aviez pas dit que nous allions nous retrouver dans un gouffre rempli de lave, de pics de glace, face à une espèce de termitière géante ? Qu'est-ce que nous allons... comment allons-nous...

Il agitait son doigt en signe d'impuissance en montrant ce qui s'étendait à nos pieds.

— Vous pensez peut-être qu'on peut traverser ça à pied ?

— Ah, je vois votre problème, a vite repris Dionysos. On ne traverse pas la cité de Ka Anor en marchant, cher garçon, mais en volant.

— En quoi ?

— En volant, a répété le vieux fou.

Il riait, comme si cela lui paraissait évident.

— Mais nous n'avons pas d'ailes, gros malin, je me trompe ? ai-je crié.

David avait un regard stupéfait, il ne savait plus s'il devait rire, pleurer ou simplement aller chercher une corde pour se pendre.

— Oui, mais les Hetwan ont des ailes, de même que les créatures appelées Oiseaux rouges, a expliqué Dionysos. Les Oiseaux rouges volent à l'intérieur du cratère. Et ils transportent des hôtes. Quatre de ces brutes m'ont transporté lors de ma dernière visite. Cela manque de dignité, mais c'est bien pratique.

Tous les quatre, nous les mortels, les sains d'esprit, nous sommes restés sans voix. Je reste rarement sans voix. Mais ce qu'il nous racontait était vraiment trop énorme.

J'ai décidé que le meilleur moyen de nous en tirer était d'ignorer complètement ces deux cinglés.

— Il serait plus facile de traverser le royaume souterrain de Hel que de faire ce qu'il nous suggère. Bien que je n'imagine pas vraiment ce que cela pourrait donner.

— Non seulement il est impossible de traverser ce gouffre, mais il est également impossible de descendre le long de ses parois, a observé Jalil.

— Je me demande ce que feraient les Marines à notre place.

David a hoché la tête comme pour réfléchir à la question.

— Oui, si seulement nous avions de l'artillerie, nous pourrions nous installer ici et détruire tout ça. Cette construction est hallucinante, imprenable, mais avec quelques pièces d'artillerie…

Il s'est arrêté et il a affiché un sourire satisfait, adressé à lui-même.

April l'a pris gentiment par le bras.

— David, dois-je te rappeler que nous n'avons pas de pièces d'artillerie ?

— Oui, mais si seulement nous avions un Pokémon de feu, tout cela serait réglé rapidement, dis-je. David, qu'est-ce que tu dirais d'aller t'amuser avec nos deux amis pendant qu'April, Jalil et moi réfléchissons à une solution raisonnable ?

— Nous n'avons pas vraiment le choix, a-t-il repris en ignorant ma remarque ironique. Nous ne pouvons pas faire le tour. Trop de chemin à parcourir. Et nos chances de ne pas nous faire prendre sont trop minces. Nous allons donc traverser le gouffre. Et faire ce que Dionysos nous a suggéré.

— Toi aussi, tu es devenu fou ? ai-je hurlé d'une voix suraiguë.

Jalil a alors pris la parole :

— Est-ce que ces Oiseaux rouges sont comme les Hetwan ? Je veux dire, est-ce qu'ils parlent ? Sont-ils capables de communiquer ? Sont-ils doués de raison ?

Le vieux roi de la fête, pensant que tous les problèmes étaient réglés, a tendu machinalement sa main pour qu'on lui serve un verre.

— Je ne sais pas exactement. Il est si difficile de faire la différence entre les simples mortels et les animaux.

— Au moins, nous sommes simples, nous, a ajouté April en jetant un regard contrarié à Ganymède.

— Ils ne ressemblent pas aux Hetwan, a expliqué ce dernier. Ils ont également des ailes, mais d'une forme différente. Et je n'ai pas remarqué qu'ils parlaient.

— Écoutez, les Hetwan sont des extraterrestres, mais je ne sais pas d'où ils viennent. Ils ne possèdent pas de technologies avancées, pas de vaisseaux spatiaux. Ils n'ont aucun moyen de communication, même pas de téléphone. Alors comment les autres Hetwan sauraient-ils que nous nous dirigeons par ici? Ils ne le savent pas. Et ils ne le sauront pas tant que les autres ne viendront pas le leur dire. Donc, très probablement, les Hetwan de cette cité ne savent pas que nous sommes recherchés. D'accord? Ils savent peut-être que Dionysos et Ganymède sont recherchés, mais pas nous. De pauvres petits humains misérables.

J'ai résisté à une terrible envie de crier. Jalil était lui aussi devenu fou.

— Hé, mais, comme tu le dis, ils connaissent ces deux-là, ils les ont déjà vus. Et ils savent que Ka Anor a faim.

— Une chose pourrait peut-être nous aider, est intervenue April pensivement. Je veux dire, ces deux là sont toujours habillés de la même façon, non? La toge et le pagne sont comme des uniformes, n'est-ce pas? Ganymède, as-tu jamais porté autre chose qu'un pagne?

Le dieu a fait doucement non de la tête. Il paraissait un peu perturbé par la question. Je ne crois pas qu'il pensait cela possible.

Puis, lorsqu'il a réalisé la chose, l'idée ne lui a pas déplu.

— Bien, quand un Hetwan ou n'importe qui d'autre voit un homme corpulent en toge, il sait qu'il s'agit de Dionysos. Mais le même homme corpulent habillé d'une manière complètement différente? Le reconnaîtrait-il? Peut-être pas. Je crois que nous avons besoin de nous déguiser un peu. Nous avons des habits en stock, il me semble.

— Puis nous trouvons des Oiseaux rouges et nous filons rapidement avant de nous laisser prendre, a dit David en faisant sa petite grimace qui signifiait : « Je ne suis pas vraiment satisfait de ce plan. »

Nous portions un assortiment bizarre de vêtements, et nous possédions diverses chemises, tuniques et autres pantalons que nous avions réussi à troquer en chemin. J'ai regardé mes habits. Et les habits des dieux. Au moins, ils étaient propres.

— Je veux la toge, ai-je dit.

CHAPiTRE 17

Vingt minutes plus tard, j'étais drapé dans une toge grande comme une voile. Jalil avait hérité du pagne.

Il n'était pas très heureux, mais nous voulions que la personne qui porte ce vêtement ait aussi peu de ressemblance que possible avec Ganymède. J'étais presque aussi costaud que Ganymède et Jalil était presque aussi grand que lui. Mais il était évident que personne, pas même un myope, ne confondrait Jalil avec l'immortel en question.

Dionysos était entré tant bien que mal dans mes affaires, avec l'aide précieuse de David. Ça n'était pas beau à voir. Les toges vont plutôt bien aux gens enrobés. Ce qui n'est pas le cas des jeans et des t-shirts. Il ressemblait carrément au bonhomme Michelin.

En revanche, Ganymède portait parfaitement bien le jean. Celui qu'il avait était un peu court et il était impossible de boutonner la chemise qu'on lui avait donnée mais – et croyez-moi c'est énervant – il avait un super look.

Ce qui n'était pas le cas de Jalil.

— On dirait que tu portes une couche, mon grand, me suis-je moqué.

Il ne m'a pas répondu. Je n'exagérais pas et il le savait. Il avait resserré le pagne au maximum autour de sa taille, mais ça ne faisait pas vraiment le même effet que sur Ganymède. Il était obligé de le remonter toutes les dix secondes en haut de ses hanches osseuses.

— Tu es superbe, a menti April avant d'éclater de rire.

— Merci, April, a fait Jalil, rien de mieux que les compliments d'une femme pour vous mettre à l'aise.

— C'est bon, allons-y, a fait David.

Nous nous sommes mis à marcher au bord du cratère. Un paysage de cauchemar sur notre droite, une forêt profonde sur notre gauche. Les Hetwan pouvaient surgir des arbres à n'importe quel moment. Et tout ce qu'ils auraient à faire serait de crier bien fort : «Bou!» et nous tomberions tous du rebord de la falaise. Nous aurions alors dix ou vingt secondes pour crier avant de finir embrochés sur les pics à glace géants.

— Voilà pourquoi dans les films, même dans les plus mauvais, c'est toujours mieux que dans la réalité, ai-je remarqué. Dans n'importe quel navet minable, si une bagarre vient à éclater, tout le monde est bien habillé. Ça va de soi. Une veste de cuir, un pardessus en laine, un blouson, peu importe, mais les gars portent toujours des fringues hyper cool.

— Oui, génial pour se battre, un pardessus bien long, s'est moqué Jalil. Super idée. C'est à peine si tu peux bouger quand tu portes un truc pareil. Alors, pour faire du kung-fu, je t'explique même pas!

— Si on t'en proposait un, tu n'hésiterais pas une seconde à l'échanger contre ton pagne.

— C'est vrai, tu marques un point.

Nous marchions comme des chamois le long de cet escarpement mortel depuis plus d'une heure. L'atmosphère se réchauffait à mesure que le soleil se levait. Il ne faisait pas vraiment chaud, mais humide.

Puis le cratère est descendu en pente douce jusqu'à une espèce de plate-forme creusée dans la paroi. Il s'agissait d'un terrain plat situé environ quinze mètres en dessous du rebord. Il était couvert d'arbres et plusieurs escaliers de pierre menaient à ce qui semblait être un terrain d'atterrissage.

Une douzaine d'Oiseaux rouges se reposaient là. Pas besoin de demander confirmation à Dionysos, il s'agissait clairement d'Oiseaux rouges. Alors que j'étais en train de les regarder, l'un d'eux a déployé ses ailes, qui faisaient bien quinze mètres d'envergure, puis les a repliées. Elles étaient de la même couleur que les fraises, donc rouges.

La créature n'était pas plus grande qu'un doberman. Elle avait une petite tête avec deux gros yeux d'insecte qui la faisaient ressembler à une immense libellule. Les ailes triangulaires et desséchées étaient gigantesques. Deux tentacules sortaient de sa poitrine en dessous des ailes. Pour l'instant, ils étaient enroulés sur eux-mêmes comme des tuyaux d'arrosage.

Les Oiseaux rouges étaient assis sur deux espèces d'énormes pattes duveteuses en forme d'éventail. Comme la majeure partie du corps de ces créatures, elles étaient de couleur blanche.

— Vanille fraise, a dit April. Ils sont plutôt mignons, si on oublie les yeux.

— Comment des créatures si petites peuvent agiter des ailes aussi grandes ? a demandé Jalil d'un air suspicieux. Il est impossible qu'elles possèdent les muscles nécessaires.

— Ajoute ça à ta liste des choses impossibles mais qui existent quand même, ai-je dit.

— Venez, est intervenu Dionysos, qui avait retrouvé le sens des responsabilités. Je vais donner des ordres à ces brutes.

Il a commencé à descendre les marches. Nous le suivions tous de près. Dionysos n'était pas un dieu très fiable, mais dans cet endroit étrange, coincé entre la terreur d'un côté et l'horreur de l'autre, la tentation était grande de se raccrocher à n'importe quelle divinité présente.

— Ho, vous autres ! s'est écrié Dionysos en s'adressant aux Oiseaux rouges. Beau temps, n'est-ce pas ? Nous sommes six et nous voudrions nous rendre dans la cité.

Les Oiseaux rouges ne semblaient lui prêter aucune attention mais ils se sont toutefois mis à bouger leurs ailes.

— Braves gens, a dit Dionysos.

Les pattes des Oiseaux rouges ont commencé à tourner sur elles-mêmes de plus en plus vite, dans un tourbillon de plumes blanches. On aurait dit comme des rotors d'hélicoptère.

L'un après l'autre, ils se sont élevés doucement dans les airs, se stabilisant au-dessus de nous. Il était impossible de concevoir qu'ils pouvaient effectivement bouger des ailes de cette taille. J'avais beau le voir, j'avais du mal à le croire.

Dionysos nous servait de guide dans notre expédition :

— Restez immobiles, ils vont vous soulever. Est-ce que quelqu'un voudrait un rafraîchissement ?

Mes cheveux étaient balayés par les courants d'air provoqués par les ailes et les pattes des créatures. L'Oiseau rouge qui se trouvait au-dessus de moi a déplié ses tentacules qui sont venus se placer entre mes jambes et sous mes bras. J'étais face au cratère géant hérissé de pics meurtriers, face à la lave brûlante, à la monstrueuse aiguille creuse et j'ai dit :

— Et comment, j'ai vraiment besoin d'un verre.

Un verre de vin s'est immédiatement matérialisé dans la main de Ganymède. Il m'a regardé, m'a souri, et soudain le verre s'est retrouvé dans ma main.

Ce type était capable de vous servir n'importe où, n'importe quand.

J'ai pris une grande gorgée de quelque chose d'extrêmement doux. De l'hydromel, enfin je le supposais. Fait à base de miel. Enfin, tout cela n'avait pas beaucoup d'importance, car j'étais mort de peur et j'avais de bonnes raisons de l'être.

J'ai senti mes pieds décoller du sol. Pendant un moment, je n'ai pas su si c'était la boisson ou les oiseaux.

Puis j'ai regardé vers le bas et j'ai constaté que je ne touchais plus le sol.

Deux cent cinquante mètres de profondeur. Deux cent cinquante mètres de parois hérissées prêtes à vous déchiqueter comme un poulet. En fait, c'était idiot de faire un blocage sur ces pics car, de toute manière, vous ne pouvez pas survivre à une chute de deux cent cinquante mètres, même si vous atterrissez sur des oreillers.

J'ai fini mon verre et je me suis agrippé aux tentacules de ce gros oiseau-insecte en espérant qu'il n'avait pas l'intention de me lâcher.

J'ai essayé de me concentrer sur la tour en forme d'aiguille. D'imaginer qu'une fois arrivé là-bas, on me servirait plein de chocolat chaud et de tendres biscuits. Mais il est impossible de chasser de son esprit qu'on est suspendu deux cent cinquante mètres au-dessus du sol. Impossible. On ne peut s'empêcher de se poser des questions intelligentes comme : « S'il me lâche, est-ce que je vais crier tout le temps de ma chute ? Est-ce que je m'arrêterai de respirer avant de m'écraser ? » ou « Est-ce que je vais me faire pipi dessus et avoir le temps d'admirer le paysage ? » ou « Est-ce que je vais mourir sur le coup en m'écrasant ? Sinon, combien de temps va durer mon agonie ? »

J'ai regardé derrière moi, vers la paroi de la falaise, qui me semblait déjà à des kilomètres. April, Ganymède, Jalil, David et Dionysos me suivaient, suspendus eux aussi dans le vide.

Dionysos était porté par deux Oiseaux rouges. Il nous avait donc menti en nous racontant que la dernière fois, ils s'y étaient mis à quatre. À moins qu'il ne s'agisse d'un honneur fait aux dieux.

J'ai soudain pensé à quelque chose. Ces créatures avaient peut-être reçu l'ordre de nous emmener au centre du cratère puis de nous lâcher. Les Hetwan jouaient avec nous à une espèce de jeu malsain qu'ils contrôlaient.

Puis, en regardant une nouvelle fois vers la plate-forme, que je considérais maintenant comme un paradis, j'ai vu des Hetwan. Nos Hetwan. Les frères de ceux que nous avions éliminés. Ils sortaient des bois. Ils se sont regroupés et ils nous ont regardés.

Enfin, ils n'étaient pas tous là, les autres étaient peut-être encore en train de nous chercher dans les bois.

— David ! ai-je hurlé.

Il s'est retourné pour regarder derrière lui.

J'étais déjà très effrayé. Mais là, c'était encore pire. J'étais malade de peur. Je me sentais tout ramolli. Je tremblais de manière incontrôlable, je poussais de petits gémissements, je hurlais intérieurement.

Imaginez que vous devez marcher sur une corde raide tendue au-dessus d'un volcan. C'est terrible. Maintenant, imaginez en plus que quelqu'un vous tire dessus. Là, vous faites une overdose d'adrénaline.

Les Hetwan ont déployé leurs ailes. Ils les ont agitées avant de sauter gracieusement dans le vide et de se diriger vers nous.

— Plus vite ! Plus vite ! ai-je crié à mon gros Oiseau rouge.

Comme s'il allait me comprendre, comme si cette créature pouvait comprendre quoi que ce soit, je criais comme un babouin qui aurait aperçu un léopard.

Je sentais les tentacules se resserrer autour de moi. Oh, non, il allait m'étrangler, me presser comme une orange, comme le font les boas constrictors. Oh, non, c'était la fin !

Non, minute ! Il allait plus vite !

Mon cerveau était paralysé par la terreur, il m'a donc fallu un certain temps pour réaliser. J'imaginais très bien mes pensées se déplacer lentement sur une espèce de tapis roulant, comme les marchandises aux caisses d'un supermarché.

Et puis…

— David ! Jalil ! April ! Les oiseaux ! On peut leur parler !

Je criais comme un dingue des paroles qui m'auraient paru insensées si elles n'étaient pas sorties de ma bouche.

Puis David s'est mis à crier à son tour.

— Fais demi-tour, droit sur eux, a-t-il ordonné à son Oiseau rouge.

Et je vous jure que ce dingue s'est dirigé droit sur eux.

— David, tu es devenu fou ? s'est exclamée April.

— Si les Hetwan rejoignent la cité, nous sommes fichus. Ils vont dire à tout le monde qui nous sommes et ce que nous avons fait. Il faut les tuer.

J'ai alors assisté au spectacle le plus étrange que j'aie jamais vu. David brandissait son épée d'une main et de l'autre, s'accrochait au tentacule de l'oiseau-insecte pour entamer un combat aérien avec les Hetwan au-dessus d'un paysage de cauchemar.

Ce type était dingue. Ce type était le jouet de Senna. La plupart du temps, il n'avait aucun sens de l'humour, mais il avait indiscutablement un courage à toute épreuve.

— Il a raison, me suis-je entendu dire.

Pendant qu'une autre partie de moi disait :

— Il a raison ? Il est malade, oui !

Et alors, à mon plus grand regret, je me suis entendu crier :

— Fais demi-tour, gros oiseau ! Allons nous occuper de ces Hetwan !

CHAPITRE 18

C'est alors que j'ai réalisé que je n'avais pas d'arme. Un soudain éclair de lucidité. Mais David avait raison : les Hetwan devaient être éliminés avant de pouvoir aller parler à Ka Anor.

David a dirigé son Oiseau rouge pour les intercepter. Je l'ai suivi. J'ai dépassé Jalil, suspendu comme moi, simplement habillé de son pagne. Je l'ai dépassé et je lui ai crié :

— Allez, viens, tu ne veux pas devenir immortel ?

— Non. Je me contenterais de quatre-vingts ou quatre-vingt-dix ans de vie, a-t-il répondu.

Mais je l'ai alors entendu crier un ordre à son oiseau pour me suivre.

April s'apprêtait à faire de même, plus par solidarité qu'autre chose. Ce que je veux dire, c'est que je pouvais essayer de tuer un Hetwan. Mais April, que pouvait-elle bien espérer faire ?

Dionysos, comme on pouvait s'y attendre, continuait tranquillement sa route.

— Hé, le roi de la danse, on y va! ai-je hurlé. Vous pourrez toujours les distraire avec quelques sacs à boyaux.

Quant à Ganymède, habillé comme il l'était, on aurait dit un chanteur de musique folk américaine. Comme nous, il était coincé dans les tentacules de son Oiseau rouge et il se préparait à se joindre au combat. Ce que je ressentais était au-delà de la frayeur, j'étais désespéré, foutu, grillé, je me dirigeais vers une mort certaine et, à cet instant précis, n'importe qui, je dis bien n'importe qui venant se battre à mes côtés était le bienvenu. Les gars, les filles et les autres. Qu'ils se mettent entre les méchants et moi, c'était l'essentiel.

Les Hetwan volaient environ cinq mètres plus bas que nous. C'est-à-dire cinq mètres en dessous de nos corps qui se balançaient dans le vide. Et ils semblaient être moins rapides que nos oiseaux, même si nos oiseaux n'étaient pas des supersoniques. Ils devaient faire du quinze, vingt kilomètres par heure, tandis que les Hetwan atteignaient difficilement les six kilomètres par heure. Nous nous dirigions donc les uns vers les autres à une vitesse moyenne d'environ dix kilomètres par heure, ce qui était horriblement lent ou incroyablement rapide, tout dépendait quel hémisphère paniqué de mon cerveau évaluait la chose.

Les Hetwan nous avaient vus. David dirigeait son oiseau comme un marin dirige son navire. Il criait des ordres péremptoires, avec autorité, comme s'il était sur un navire de la Royal Navy.

— Cinq degrés à gauche! Descends de un mètre cinquante!

L'Oiseau rouge obéissait. Mais au fait, pourquoi obéissait-il? Est-ce que les Oiseaux rouges comprenaient notre langue? Comment savaient-ils que les mètres correspondaient à une unité de mesure?

BAU. Bienvenue à Utopia.

David et le premier Hetwan de la bande, qui en comptait neuf en tout, se rapprochaient rapidement l'un de l'autre. Le Hetwan a verrouillé sa super sarbacane. David a commencé à manipuler son épée au-dessus de son épaule pour s'échauffer.

C'est alors que j'ai entendu Jalil crier:

— Tu peux te balancer.

Je ne comprenais rien à ce qu'il me racontait, avant qu'il ait ajouté:

— Comme un pendule. Tu peux aller d'avant en arrière.

Je me suis retourné et j'ai constaté que, effectivement, de cette manière, il prenait de la vitesse. Il se balançait de droite à gauche, d'avant en arrière, comme un dément.

J'ai agité mes jambes, en essayant d'imiter ses mouvements. J'ai décidé que le mouvement d'avant en arrière était le plus efficace. Je lançais mes jambes et je les ramenais, ce qui me provoquait des douleurs dans l'entrejambe. Mais je prenais de la vitesse. J'avais l'impression d'être revenu à l'école primaire, suspendu à un trapèze au cours de gym.

Un grand coup en avant, un grand coup en arrière.

David et le Hetwan continuaient à se rapprocher lentement l'un de l'autre. Le Hetwan a soufflé dans sa sarbacane. David s'est écarté de la trajectoire du projectile. Il a attendu de retrouver une certaine stabilité, puis il a frappé à son tour. Mais sans succès.

Le Hetwan a viré de bord, il a tourné avec toute l'agilité et la grâce d'un 747, puis il est reparti à sa poursuite.

Une constatation intéressante s'imposait : les Hetwan n'étaient pas des guerriers d'exception.

Un deuxième Hetwan venait à ma rencontre pour m'intercepter. Il avait aussi une sarbacane, ce qui m'a rendu furieux. Ce n'était pas juste, je n'étais pas armé. Je n'avais rien. Je n'avais que mes poings, que je n'allais pas pouvoir utiliser au maximum de leurs possibilités vu que j'avais les épaules coincées par les tentacules de l'Oiseau rouge.

Mais j'ai soudain eu une idée. Une idée géniale de désespéré.

La toge.

J'ai commencé à tirer comme un fou sur le tissu. Je tirais, tirais, on aurait dit un type entortillé dans ses draps essayant de retrouver un mégot de cigarette qu'il viendrait malencontreusement de jeter dans son lit.

Je me faisais mal, mais je n'avais pas d'autre solution. Le vêtement s'est coincé dans mon entrejambe. Impossible de le dégager.

— Jalil! Jette-moi ton couteau!

— Pas question, tu n'arriveras jamais à le rattraper.

J'ai donné un grand coup de hanche pour me retrouver presque côte à côte avec lui.

Un Hetwan a tiré sur David. Il l'a manqué. David s'est dirigé vers cette espèce de gros singe volant, mais il n'a pas réussi à lui taper dessus. On se serait cru dans Top Gun, version Moyen Âge.

En plus, les avions étaient remplacés par des espèces de gros papillons monstrueux.

— J'ai besoin de couper ça, ai-je crié.

— Sers-toi de tes dents! m'a conseillé April.

— Oh...

J'ai mis un bout du tissu dans ma bouche et j'ai commencé à le déchirer avec mes canines. Ensuite, j'ai tiré dessus de toutes mes forces. J'ai recommencé. Mais le Hetwan était désormais suffisamment proche de moi pour me tirer dessus. C'était trop tard. Il a soufflé dans sa sarbacane.

J'ai intercepté le venin avec mon avant-bras gauche entouré dans le tissu de la toge. Il a brûlé instantanément, il ne restait plus qu'un trou noir.

Devant moi, David continuait à donner des coups, mais sans atteindre son adversaire. Nous étions maintenant au milieu des Hetwan. J'ai entendu Jalil crier de douleur. Il s'agitait dans tous les sens. J'ai vu Ganymède se précipiter sur son adversaire. April repliait ses jambes, prête à frapper. Oui, elle avait raison. Donner des coups de pied en se suspendant aux tentacules.

Je m'étais presque libéré de ma toge. Déchirer, déchirer, tirer. Déchirer. J'en gardais juste un petit bout pour conserver un minimum de dignité. Mon Hetwan se rapprochait de nouveau. Il a craché!

J'ai lancé mes pieds dans sa direction, me rapprochant de lui. Je pouvais voir le venin, le crachat, une petite boule de feu pas plus grosse qu'une balle de revolver.

Mon mouvement m'a soulevé, j'ai tenu mes jambes en l'air pour éviter le venin. Le Hetwan est passé juste sous moi, j'ai alors déployé ma toge comme un torero déploie sa cape. Le tissu s'est gonflé d'air, s'est déplié, avant d'envelopper le Hetwan.

Ses ailes se sont prises dedans. Il est tombé la tête la première, les ailes prisonnières de la toge, incapable de se libérer, même avec ses mandibules. Il ressemblait à un fantôme d'Halloween et fonçait droit sur les pics de glace qui se trouvaient en dessous de nous.

David s'est alors mis en position de combat. Il a levé son épée, jeté ses pieds en arrière, plongé la tête la première et frappé un Hetwan qui passait en dessous de lui.

Le Hetwan a plongé dans le vide.

— Oui! a-t-il crié. Un de moins!

Et je me suis mis à crier aussi. Nous étions soudain animés d'une folle rage de tuer.

Deux à zéro. Pourtant, il y avait une chose à laquelle nous n'avions pas pensé.

Un Hetwan s'est mis à viser l'Oiseau rouge de David. Il a tiré. Le venin a frappé l'animal en plein dans l'œil. L'oiseau s'est mis à pousser un hurlement faisant penser au frottement d'une scie contre un clou.

L'Oiseau rouge de David est devenu comme fou. Il est parti en volant deux fois plus vite, sans but précis, avec David qui criait sans pouvoir rien faire. Il était hors de combat.

Deux pour nous. Un pour eux. Ils avaient toujours le dessus en nombre, sept contre cinq. Et nous avions perdu notre arme la plus précieuse.

Les Hetwan nous entouraient maintenant. Ils paraissaient plus nombreux, comme ça, vus de près.

J'avais utilisé mon attaque secrète : le vieux truc de la toge dans la figure. Je n'étais plus qu'une espèce de gros nigaud à peine couvert d'un bout de tissu. Je n'avais rien. On ne pouvait plus compter sur David. Lui qui aurait pu causer de sérieux dégâts avec sa longue épée, parce que je ne voyais pas bien ce que Jalil pouvait faire avec son couteau de poche.

Tout ce qui me restait était ma peur. Je me balançais d'avant en arrière, en espérant qu'ainsi les Hetwan n'arriveraient pas à me viser correctement.

Ceux qui n'avaient pas de sarbacane fouettaient l'air avec leurs espèces de mandibules. Je ne savais pas ce qu'ils espéraient attraper pour le dévorer. Peut-être nous.

J'ai réussi à déchirer encore un petit bout de tissu de ma toge. J'ai attendu qu'un ennemi se rapproche, puis je le lui ai jeté en pleine figure. Mais le tissu n'est pas resté accroché. Un coup pour rien.

Une douleur soudaine. Une balle de venin, juste à côté de ma colonne vertébrale. Je me suis donné un violent coup dans le dos, mais je ne pouvais pas atteindre l'endroit de la brûlure. J'ai crié au secours, inutilement, personne ne pouvait m'aider. La souffrance me coupait le souffle. Me terrifiait.

J'avais l'impression que le feu me dévorait de l'intérieur, brûlant ma peau, mes muscles, mes os. Qu'il allait se frayer un chemin à travers mon corps pour ressortir comme un geyser de ma poitrine.

J'ai commencé à pleurer. Il n'y avait plus rien d'autre à faire. J'étais sans défense. J'allais brûler vif, petit à petit. J'ai donné un coup de pied rageur à un Hetwan qui passait à proximité, mais sans réussir à le toucher.

Mon Oiseau rouge avait repris le chemin de la cité de Ka Anor, suivant ainsi les instructions initiales. J'ai vu April qui fouillait dans son sac. Et derrière elle, Dionysos, pendu aux tentacules de ses deux Oiseaux rouges. Il avait une grande coupe à la main et buvait du vin rouge.

— Aidez-nous ! ai-je crié.

— Je… je ne peux rien faire dans cet état, m'a-t-il répondu.

Il a fini son vin d'un trait et sa coupe s'est aussitôt remplie. J'ai mis quelques secondes à comprendre, la douleur m'embrouillait l'esprit. Et j'ai alors réalisé : il était sobre. Et il tirait ses pouvoirs de son ivresse.

Je n'ai pu m'empêcher de rire. Il ne pouvait rien faire s'il n'était pas soûl ? Mais, de toute manière, que pouvait-il bien faire ? Distraire tout le monde en organisant une grande fête en plein air ?

— Attention ! a crié April.

Je me suis retourné. Une boulette de venin est passée à un centimètre de mon visage. Si je n'avais pas bougé pour la regarder, j'aurais désormais un gros trou dans la joue.

April était aux prises avec un Hetwan qui volait un mètre cinquante au-dessus d'elle. On aurait dit une immense guêpe essayant de sucer le pollen d'une fleur. Elle lui jetait des poignées de diamants. Il n'était pas armé et il essayait d'attraper les pierres précieuses avec ses mandibules. Il était comme un phoque de cirque à qui April aurait jeté des sardines. Sauf que là, les sardines étaient des diamants. Nos diamants. Ceux que les habitants du pays de Féerie nous avaient donnés en échange de la construction d'un système de communication.

April continuait à lui lancer des pierres précieuses tandis qu'un autre monstre s'approchait pour se joindre à eux. C'est alors que le premier Hetwan est tombé dans le vide. Il s'arrachait la peau du thorax avec ses petites mains embryonnaires.

Elle les empoisonnait! Et ils ne pouvaient s'empêcher de manger les diamants, comme les poissons rouges qui se gavent jusqu'à éclater. Ils étaient incapables de résister!

Puis un cri. Ce bruit de scie raclant contre un clou. J'ai regardé au-dessus de moi. J'ai vu la brûlure. J'ai vu le feu dévorer le tentacule qui me retenait. Le tentacule qui s'est soudain rétracté, qui a été comme aspiré dans la poitrine de l'Oiseau rouge. Le lien qui me retenait par les bras avait disparu. Je suis tombé en arrière, battant l'air désespérément, essayant de retrouver mon équilibre, essayant de me retenir avec les jambes, mais non! Mes mains se sont refermées sur le vide.

Je tombais.

CHAPITRE 19

Je tombais, la tête la première. La confusion était totale dans mon esprit, mais tout ce qui avait de l'importance, c'était que je tombais !

Mon visage était déformé par la terreur. Mon être entier et mon esprit criaient. Le sol, les versants de la montagne hérissés de pics meurtriers filaient déjà à ma rencontre, le fond du cratère semblait se soulever pour arriver plus vite jusqu'à moi, pour me déchirer, pour me dépecer vivant.

Ma chute allait durer une éternité, mais le temps ne signifiait plus rien, je ne faisais que hurler tout en essayant d'avaler assez d'air pour reprendre mon souffle.

Je tombais, encore et encore. Je reprenais peu à peu conscience du temps. Ce qui était pire. Je réalisais parfaitement la situation, je savais que j'allais mourir, pas tout de suite, mais bientôt, et inévitablement.

Le vent me faisait tournoyer. Je tournais sur moi-mêmes, attiré par le vide. J'ai regardé au-dessus de moi. Tout là-haut, je voyais des sacs d'entrailles se diriger vers les Hetwan. David reprenait le contrôle de son Oiseau rouge et retournait se battre, l'épée à la main. Les Hetwan empoisonnés par les diamants tombaient, ils se tordaient de douleur à mesure que les pierres précieuses leur déchiraient les intestins en lambeaux de chair sanguinolente.

Mais tout cela m'importait peu, je les voyais de plus en plus petits, à peine plus gros que des libellules. J'allais mourir. J'étais déjà mort. Dans peu de temps, dans quelques secondes, je n'aurais même pas le temps de m'en apercevoir, j'allais être embroché dans ce champ de tessons de bouteille.

Mort. J'allais mourir. Peut-être étais-je déjà mort. Je voyais un ange entrer dans mon champ de vision, flotter au-dessus de moi, il planait, presque à portée de main. Un rêve, sans aucun doute, le dernier délire d'un esprit condamné à entrer dans l'au-delà.

Un bras. Une main. Un regard concentré.

Un ange. Un ange dans un habit de camouflage. Ganymède m'a agrippé par le biceps gauche. Sa main en faisait presque le tour. Je n'étais qu'un jouet pour lui. Je ne pesais rien.

Il me tenait, il m'a attiré vers lui, tout près de son visage, comme s'il avait voulu m'embrasser. Et, à cet instant précis, il aurait pu faire n'importe quoi de moi, parce que je n'étais qu'une loque humaine, haletante et gémissante.

— Reprends de l'altitude! a hurlé Ganymède à son Oiseau rouge.

Mais c'était plus facile à dire qu'à faire. Ganymède pesait plus de cent kilos et j'en faisais bien quatre-vingts, ce qui faisait un poids total d'environ deux cents kilos à soulever. L'Oiseau rouge portait Ganymède et Ganymède me portait, mais si nous ne prenions pas rapidement de l'altitude, tout serait bientôt fini.

J'ai regardé vers le bas, sous mes pieds, et j'ai découvert une vision d'horreur. Un versant couvert de pics glacés noirs et bleus, comme un récif de corail monstrueux, comme des griffes prêtes à nous déchiqueter. Nous allions périr dans peu de temps. Nous allions être écorchés, éventrés, tout en restant assez longtemps en vie pour souffrir le martyre.

L'Oiseau rouge déployait ses ailes au maximum, mais il n'arrivait pas à ralentir notre chute, il était entraîné par le poids. Autant vouloir arrêter un boulet de canon avec un parachute de la taille d'un mouchoir de poche.

Et pourtant, et pourtant, nous ralentissions. Non. Mais nous dérivions. Nous dérivions horizontalement. Oui.

Centimètre par centimètre. Notre animal déplaçait son centre de gravité pour nous faire glisser horizontalement.

Les pics de glace s'approchaient.

À grande vitesse.

Des échardes monstrueuses de plusieurs

dizaines de mètres de long, pointues comme des aiguilles.

Mon genou a effleuré l'une d'elles. Une coupure. Le sang s'est mis à couler. Je me suis recroquevillé sur moi-même pour essayer de protéger mes mollets, ma tête, mes épaules.

Centimètre par centimètre. Toujours ce mouvement horizontal, les rangées de pics menaçants et notre Oiseau rouge qui s'efforçait de reprendre de l'altitude.

Des lances énormes se ruaient vers moi, elles allaient m'ouvrir en deux, des épaules à l'entrejambe, j'allais être vidé de mes entrailles comme un poisson. En me repliant toujours plus, j'ai évité de justesse d'être à nouveau coupé.

Notre course horizontale était de plus en plus rapide. Nous tombions toujours, mais non, incroyable, nous remontions maintenant.

Les doigts monstrueux de cette hideuse vallée, ces doigts qui essayaient de nous attraper dans le ciel, s'éloignaient peu à peu. Nous reprenions de l'altitude! Ganymède m'a soulevé, il m'a pris dans ses bras, m'a pressé contre sa solide poitrine.

— Merci, ai-je balbutié. Je suis ton homme. Tu peux me demander tout ce que tu veux.

Il a approuvé solennellement d'un signe de tête.

— Intéressant, a-t-il fait.

Finalement, il avait peut-être le sens de l'humour.

CHAPiTRE 20

Nous avions tué tous les Hetwan. Ou pour être plus exact, David avait tué la plupart d'entre eux et nous avions fait le reste. Les illusions créées par Dionysos nous avaient bien aidés. Du coup, David avait laissé le vieux dieu se désaltérer. En général, il n'était pas très utile, mais il l'était encore moins quand il était sobre.

Mon Oiseau rouge est revenu me prendre, sans s'excuser le moins du monde de m'avoir lâché. Il m'a de nouveau coincé entre ses tentacules. Nous nous sommes tous regroupés au-dessus de cette vallée que j'avais failli visiter de bien trop près, et nous avons décidé que nous n'avions pas d'autre choix que de continuer notre chemin. Notre chemin vers la cité de Ka Anor.

Le vol a duré un long moment. Ce qui m'a laissé plein de temps pour regretter plein de choses. Regretter d'avoir sacrifié une grande partie de ma toge. Regretter qu'April ait dépensé plusieurs millions de dollars de diamants pour se débarrasser de gros insectes extraterrestres. Mais par-dessus tout, je regrettais que chaque lent battement d'aile de ce gros Oiseau rouge me rapproche un peu plus du quartier général des Hetwan.

Ce n'était pas que ces bestioles étaient dures à vaincre. Elles ne l'étaient pas. Mais leur nombre était impressionnant. À mesure que nous nous approchions de la montagne en forme d'aiguille, je constatais qu'il y avait des Hetwan partout, chaque recoin de cette monstrueuse cité, chaque rue, chaque espèce de maison-nid grouillait de Hetwan.

Il était impossible d'en déterminer le nombre avec précision, mais j'avais le sentiment de me trouver plutôt devant une véritable métropole. Avec beaucoup trop de ces monstrueuses bestioles.

Combien de temps encore avant que nous arrivions à la cité? Combien de temps? Plus beaucoup. Mes jambes étaient pleines de fourmis, car les tentacules qui me retenaient gênaient la circulation du sang. Je me suis laissé aller en coinçant mes bras pour me retenir.

Impossible de dormir ici. Impossible. Mais il y avait bien encore une demi-heure de trajet, au moins, et j'étais si fatigué. Plus que fatigué même. Mon corps et mon esprit avaient besoin de reprendre des forces avant le prochain round.

Mon oiseau-insecte allait peut-être me lâcher. Je m'en fichais. Trop fatigué. C'était trop pour moi.

— J'appelle ça le GSO.

— Quoi?

Mes paupières avaient du mal à rester ouvertes. Le dernier flash d'information. Mon cerveau était submergé par des images de chute, de bataille aérienne, des paysages de cauchemar.

Mais mon esprit était en train de passer la frontière. Mon patron, M. Trent, étalait tout un tas de choses devant moi, et je me sentais plutôt mal à l'aise. Et puis soudain, j'ai senti que mon autre moi, mon moi d'Utopia, avait sombré dans le sommeil.

— GSO, a répété un de mes imbéciles de collègues dans un murmure.

Il s'appelait Randy, un type bedonnant plus âgé que moi. Il avait une queue de cheval, mais il était évident qu'il allait finir chauve avant d'avoir trente ans.

Nous étions dans le bureau de mon patron, un petit cagibi exigu qui se trouvait près de la réserve derrière le magasin de photocopies. Il nous avait apporté une bière à chacun. C'est-à-dire Randy, moi et ce petit crétin agressif appelé Keith.

Je devais demander ce que GSO voulait dire, ils attendaient tous avec impatience et me regardaient comme s'ils s'apprêtaient à me livrer la solution d'une devinette. Mais mon cerveau du monde réel était encore tout occupé par la question de savoir ce que deviendrait le Christopher d'Utopia s'il tombait dans le vide.

M. Trent m'a finalement expliqué.

— GSO : gouvernement sioniste d'occupation. Tu sais, l'esprit de notre Constitution a été bafoué, nous avons été trahis. Ce gouvernement n'est pas au service des chrétiens de race blanche comme il devrait l'être. Il est entre les mains des étrangers.

J'ai cru que ma tête allait exploser. Non pas que je sois surpris par les opinions de Trent. Parmi les papiers, courriers et autres tracts que j'avais photocopiés durant ces derniers jours, il y avait pas mal de ces insanités politiques : des critiques et des discours trouvés dans Internet, pour la plupart. Les Blancs ceci et les Blancs cela…

Alors je savais que M. Trent trempait dans des affaires louches, mais pourquoi m'impliquait-il dans tout ça ? Est-ce que je n'avais pas assez de problèmes comme ça ? J'essayais d'échapper à Ka Anor. Fomenter un complot politique n'était pas dans mes priorités. En plus, il pensait peut-être que j'allais me laisser convaincre comme ces minables ? C'était insultant. Je n'étais pas Randy ou Keith.

– Un chrétien de race blanche ne peut pas réussir dans ce monde, avec tous ces étrangers qui sont partout, a continué M. Trent en me lançant un regard complice. Tu es d'accord avec ça, n'est-ce pas ?

— Hum, hum, ai-je répondu.

Oh, non, qu'est-ce que je faisais dans ce pétrin ? J'avais tout essayé pour ne pas participer à ces discussions de fin de journée. J'avais une vie, contrairement à ces clowns.

J'en avais même deux.

Dans quelques secondes, le Christopher d'Utopia allait se réveiller de sa sieste. Peut-être était-il déjà réveillé. Je/il avait peut-être été lacéré, brûlé ou balancé dans le vide. Peut-être Ka Anor finissait-il de dévorer une de ses jambes en se léchant les lèvres et en disant: «Mm, mm, délicieux.»

— Voilà pourquoi les hommes blancs doivent se soutenir. Loyalement. Comme des frères.

— Parfait, ai-je approuvé. Bien, euh, merci pour les bières. Je dois y aller maintenant.

Randy et Keith se sont levés, comme s'ils s'apprêtaient à me bloquer le passage. Je pouvais facilement me débarrasser de Keith. Pas de problème. À moins qu'il n'ait été armé, ce qui ne m'aurait pas étonné.

Mais un contre trois? Comment allais-je faire pour m'en sortir? Je ne pouvais pas régler des problèmes dans deux univers à la fois, c'était trop, beaucoup trop pour moi.

— Je te dis tout ça pour une raison, a ajouté calmement M. Trent.

J'ai réprimé un grognement. «Rassieds-toi, Christopher, écoute le nabot te parler, finis ta bière et barre-toi.»

— Oui?

— Oui, a-t-il répété d'un ton moqueur. Écoute, tu es un garçon qui a la tête sur les

153

épaules, Christopher. Mais il serait temps que tu t'engages vraiment. Voilà ce qui est important désormais : engagement et loyauté.

J'ai lancé un regard à Randy. Sur la poitrine, Keith avait un tatouage de tête de mort avec une croix gammée qui lui sortait de la bouche. Comme je vous le disais, un vrai taré pervers, le genre de type qui, enfant, torturait les insectes et les animaux domestiques et qui aimerait maintenant passer à des choses plus sérieuses.

Et là, il me regardait comme s'il s'attendait à ce que je devienne son assistant.

CHAPITRE 21

— Oui, bien, mais vous savez, j'ai du mal à m'intégrer dans un groupe, ai-je dit lamentablement. Je ne suis pas un suiveur.

J'avais entendu ma mère utiliser cet argument.

— Tu veux devenir un esclave? Tu ne veux pas te rebeller avec nous, rendre ce pays aux hommes chrétiens de race blanche? Tu as peur, c'est ça? se moquait M. Trent. Tu as peur des étrangers?

Il s'est penché vers moi et s'est mis à renifler, comme un chien renifle un autre chien.

— Ou peut-être est-ce du mauvais sang qui coule dans ces veines?

J'étais plus surpris qu'autre chose.

Comment avais-je pu me retrouver dans cette situation?

J'étais coincé dans deux univers à la fois.

Mais le fait est que j'avais perdu mon boulot et que M. Trent était peut-être un taré, mais ce qu'il me faisait faire n'était pas trop dur.

— Écoutez, je respecte vos opinions et tout et tout, mais…

J'ai regardé les visages de mes interlocuteurs, tous plus durs les uns que les autres.

— Ma mère m'attend. Des gens m'attendent, et ils savent que je suis ici.

C'était faible. Très faible.

— Je crois que je t'ai mal jugé, Hitchcock, a remarqué froidement M. Trent.

J'ai inspiré profondément. Je ne me sentais plus menacé. Ils allaient me laisser partir. Le fait que j'aie dit que des gens savaient où je me trouvais et qu'ils m'attendaient les avait calmés.

J'ai posé ma canette de bière vide.

— Je vous vois demain, les gars, ai-je dit.

Mais personne n'était dupe.

Je me suis retourné, j'ai quitté la pièce, un frisson m'a parcouru la colonne vertébrale. Je suis sorti dans la nuit fraîche.

De nouveau, j'ai inspiré profondément, pour essayer de retrouver un rythme cardiaque normal, mais j'ai sursauté quand quelqu'un m'a tapé sur l'épaule.

Keith. Il faisait une bonne dizaine de centimètres de moins que moi, et je devais bien faire sept ou huit kilos de plus que lui. Il n'avait pas le crâne rasé, comme un skin. Il ne portait pas de veste militaire ou de gros rangers. Il était impossible de voir son tatouage, à moins qu'il ne se penche vers vous. Il avait une petite moustache et des yeux pâles.

— Tu sais que tu ne dois pas revenir, n'est-ce pas ?

— J'avais cru comprendre, oui, ai-je répondu.

— Nous n'avons pas besoin de gars comme toi. Tu es ce que nous appelons un collaborateur.

— Hum, hum.

Il me fichait la chair de poule. Mais j'étais dans la rue, avec un groupe de collégiens agités juste à proximité, des lumières, des restaurants, des magasins. Donc, je n'étais pas vraiment effrayé.

— Je veux juste te dire que tu n'as pas intérêt à parler à quiconque de ce que tu as vu ou entendu ici. Tu as bien compris ?

— Écoute, petit minable, tu crois peut-être que tu me fais peur ? Je pourrais te détruire ici en pleine rue et t'envoyer direct à l'hôpital pour un séjour prolongé.

Il a esquissé un petit sourire narquois.

— Oui, t'es un costaud, n'est-ce pas ? Mais pas autant que mon vieux, qui me battait chaque jour plus fort quand j'étais gamin. Tu crois pouvoir m'effrayer comme ça ? Mais qu'est-ce que j'ai à perdre ? Rien. Et toi, qu'est-ce que tu as à perdre ? C'est à ça que tu dois penser. Si jamais tu causes des problèmes à M. Trent, réfléchis bien à ce que tu risques. Parce que si tu fais ça, c'est à ta mère, à ta petite amie, si tu en as une, que je m'en prendrai.

J'avais proféré des menaces, mais elles n'avaient eu aucun effet.

— Je m'occuperai d'elle, a-t-il repris. Et bien.

Je sais comment faire.

Je suis rentré chez moi en me retournant toutes les cinq minutes.

Je n'avais plus de travail. Et je ne pouvais plus aller dans ce quartier désormais. Je ne voulais pas risquer de tomber sur Keith. Pas dans un proche avenir.

Toutes les lumières étaient allumées chez moi. Tout semblait bien aller. Sauf que lorsque je me suis approché, j'ai entendu des cris. Mon père et ma mère, ils se disputaient à propos de tout et de n'importe quoi. De l'argent, de leur vie de couple. La routine.

Je suis allé dans le jardin, derrière la maison, où, comme tous les voisins, nous avions des jeux pour enfants. Je me suis allongé sur la glissoire en plastique. C'était plus calme ici. Je pouvais juste me rendre compte si les cris gagnaient ou perdaient en intensité.

Je voulais aller regarder la télé. C'était tout. Juste regarder cette satanée télé. Un truc drôle et pas de prise de tête.

— C'est nul la vie, ai-je dit aux étoiles.

Et je me suis retrouvé à voler, suspendu aux tentacules d'un gros Oiseau rouge extraterrestre. Je vous jure que, durant quelques secondes, j'ai été content d'être de retour.

— Comment peux-tu t'endormir comme ça ? a demandé Jalil, visiblement énervé.

— Ne me cherche pas. Je viens de perdre mon boulot.

— Ah oui ? Et pourquoi ?

J'ai rigolé.

— Tu ne devineras jamais.

CHAPITRE 22

Et pourtant, malgré mon agréable famille et le fait que j'avais réussi à me mettre à dos un malade qui me prenait sans aucun doute pour un hippie aux idées très libérales, ma joie a été de courte durée en voyant ce qui se dressait devant moi.

L'aiguille géante emplissait désormais entièrement mon champ de vision. Elle descendait à une profondeur vertigineuse et s'élevait à une hauteur impressionnante. Je ne voyais plus ce qui se passait derrière.

Maintenant que j'étais plus près, j'étais capable de distinguer plus de détails. Il y avait des milliers de petites portes et de petites fenêtres qui brillaient faiblement d'une lumière vert doré. Elles donnaient l'impression d'être des têtes d'épingles plantées dans une grosse lanterne. Comme si une énorme lumière éclairait l'intérieur de la montagne et se diffusait en produisant cette lumière vert doré à travers les différentes ouvertures.

— On dirait une ruche, a remarqué Jalil. Ou une termitière.

Il avait en partie raison, mais pas totalement. La partie externe de l'aiguille géante constituait réellement une cité, indépendamment de ce qui pouvait se trouver à l'intérieur. Je voyais des rues, des chemins qui partaient dans tous les sens, en haut, en bas, sans grande logique. Je voyais ce qui semblait être des magasins, des endroits où étaient rassemblés sept ou dix Hetwan qui chargeaient des marchandises. Il y avait aussi des nids réservés aux femelles-sacs-d'entrailles, entassées les unes sur les autres dans des espèces d'immenses cuvettes. Elles étaient par quinze ou vingt, les ailes repliées, agitées de secousses comme si elles allaient exploser à tout moment.

Il s'agissait d'une cité verticale. Les habitations, si c'était bien de ça qu'il s'agissait, étaient empilées les unes sur les autres et reliées entre elles par de petites échelles ou d'étroits escaliers. Il y avait juste de petits renfoncements lorsque commençait une rue, puis les parois repartaient à la verticale.

— Pourquoi y a-t-il des escaliers ? s'est étonné Jalil. Ils peuvent voler. Mais apparemment, ils les utilisent quand même.

— Pas seulement eux, a remarqué David. Regarde, il y a aussi des humains.

J'ai repéré un groupe d'une douzaine d'humains portant des sacs de toile. J'étais soulagé. Des humains, c'était bien.

Enfin, pas toujours. Prenez Keith. Il n'allait pas vraiment s'en prendre à ma famille, non? À ma mère? À mon petit frère? Espèce de sale crapule. Sensation étrange, comme si je devais être ailleurs pour m'assurer que tout allait bien. Je veux dire, j'y étais. Mais j'étais ici et ici. Et j'avais le sentiment de devoir retourner où je n'étais pas.

Le monde réel était habituellement un répit, un moment de détente, de sécurité. M. Trent était responsable de tout ça.

Pourquoi ce Hitler en miniature avait-il essayé de m'entraîner dans son délire de psychopathe?

«J'ai une idée, Christopher, me suis-je dit. Pourquoi ne te concentres-tu pas sur un problème à la fois?»

— Quoi? a demandé April qui était près de moi.

Je n'avais pas réalisé que nos oiseaux volaient côte à côte.

— Rien, ai-je répondu.

— Je crois que nous allons bientôt nous poser, a-t-elle repris.

Nous descendions lentement vers une plate-forme similaire à celle d'où nous avions décollé. Prêts à l'atterrissage.

— Ils vont nous déposer là-bas, nous a prévenus Ganymède.

Nous n'étions pas les seuls à arriver comme ça. Juste devant nous, il y avait trois nains avec sept autres Oiseaux rouges transportant des caisses.

— Drôle de manière de faire du commerce, ai-je dit. J'espère que les Hetwan paient bien.

— Nos oiseaux ne peuvent-ils pas continuer à voler ? a demandé David à Dionysos. Ils pourraient nous faire faire le tour, nous faire passer de l'autre côté du cratère.

Dionysos ne savait naturellement pas quoi répondre, mais il s'est arrêté de boire un long moment pour réfléchir.

David a fait un essai.

— Emmène-nous loin de la cité, a-t-il crié à son oiseau. De l'autre côté du cratère.

Pas de réponse. Pas de réponse et pas de réaction. Nous avons gardé la même trajectoire de vol. Et cinq minutes plus tard, les Oiseaux rouges nous ont déposés sur la plate-forme, à mi-chemin du sommet de la plus grande termitière de tous les temps.

Les Oiseaux rouges nous ont quittés pour aller s'asseoir tranquillement, les ailes repliées, les tentacules rentrés, attendant leurs prochains clients, comme des chauffeurs de taxi taciturnes.

Nous nous sommes blottis les uns contre les autres, tous les six. Il soufflait une petite brise chaude mais, je ne sais comment cela était possible, aucun soleil ne brillait ici. Il régnait une espèce d'obscurité brumeuse, comme si quelque chose de mauvais flottait dans l'air.

De petits escaliers permettaient de quitter la plate-forme. Les nains étaient en train de compter leurs caisses. Ils ont lancé un appel, de leur voix grave, vers une grotte profonde qui s'ouvrait sur la piste d'atterrissage.

Des créatures qui nous ont paru étrangement familières en sont sorties.

— Des coccinelles ! s'est exclamée April.

Pas les insectes. Les voitures. Trois choses jaune brillant, deux fois moins grosses qu'une voiture, se sont mises à avancer. Ces choses étaient sans aucun doute vivantes. Et carrément étranges. À la place des roues, il y avait quatre ballons qui, à première vue, ressemblaient à de gros pneus noirs.

Mais ces gros pneus ne tournaient pas vraiment sur eux-mêmes, ils étaient comme entraînés de l'intérieur ou... Imaginez un gros pneu en forme de ballon. Imaginez ensuite que trois boules de quilles soient enfermées à l'intérieur, que ces boules tournent dans ce gros ballon et qu'à chaque fois une de ces boules fasse avancer le pneu de quelques centimètres avant qu'une autre le fasse avancer de nouveau et ainsi de suite. Et il y avait quatre ballons, si bien que ces créatures, les coccinelles, avançaient à la même vitesse qu'un bon marcheur.

Les nains ont chargé leurs caisses sur ces choses et tout le monde est parti. Les coccinelles se déplaçaient indifféremment sur terrain plat, dans les escaliers ou dans les chemins étroits. Elles gardaient leur allure, les nains derrière elles.

— Suivons-les, a dit David.

— Bonne idée, a approuvé Dionysos. Et ordonnons que ces créatures nous transportent.

— Pas question, a répondu David. Nous allons marcher.

Dionysos a froncé les sourcils.

— Je suis un dieu. Toi, un simple mortel. Tu me dois le respect, mon brave. Tu dois apprendre à rester à ta place si tu veux vivre parmi les dieux de l'Olympe.

— Hum, hum. Petit détail : j'ai une épée. Vous n'avez qu'une coupe remplie de vin. Et autre chose : ces caisses sont désormais collées aux coccinelles par je ne sais quel phénomène de succion. Et moi, je veux être capable de partir en courant quand je le veux.

— Mmm, a fait Dionysos. Tu n'as pas tort. Quelqu'un veut-il boire quelque chose ?

CHAPITRE 23

J'ai monté les escaliers pour quitter la plate-forme et je me suis éloigné des Oiseaux rouges pour lesquels je commençais à ressentir une certaine affection. Ils nous avaient transportés au-dessus de ce gouffre de la mort et, alors que je craignais le pire, nous étions arrivés à bon port.

— Nous devrions peut-être leur donner un pourboire, ai-je suggéré.

— Essayons de contourner la montagne pour nous rendre sur l'autre versant, a fait David. Nous y trouverons peut-être des Oiseaux rouges qui pourront nous faire traverser le reste du cratère.

— Il serait beaucoup plus court de traverser la cité, a fait remarquer Ganymède.

— Oui, probablement, mais c'est là que vit Ka Anor, n'est-ce pas?

— Oui, Ka Anor vit à l'intérieur de la montagne, a confirmé Ganymède.

— Prenons plutôt le chemin le plus long, a suggéré April.

Elle a fait un signe de la main pour inviter Ganymède à venir marcher juste devant elle.

— Tu es pathétique, lui ai-je murmuré. Tu sais, ce n'est pas qu'un morceau de viande. Ce type m'a sauvé la vie.

— Comme c'est touchant.

— Nous avons failli nous écraser sur le sol. BAU. Je lui revaudrai ça, tôt ou tard, sois-en sûre, et nous serons quittes.

— Qu'est-ce que nous allons raconter si quelqu'un nous demande ce que nous faisons ici ? Ne devrions-nous pas préparer une réponse ? a-t-elle repris en s'adressant cette fois-ci à tout le monde.

David a rougi légèrement, comme chaque fois qu'il est pris en défaut.

— Oui, oui, nous avons besoin d'inventer une histoire. April a raison.

— La même que d'habitude ? a suggéré Jalil.

— Pourquoi pas ? a fait David qui se mordait maintenant les lèvres, s'en voulant toujours d'avoir commis cette erreur.

Un jour, ce garçon allait finir par nous faire une dépression nerveuse s'il réagissait toujours comme ça. Il culpabilisait trop.

La « même que d'habitude » signifiait que nous allions nous faire passer pour des troubadours. Ça avait marché avec les Vikings. Pas vraiment avec les Aztèques.

Comment allaient réagir les Hetwan ?

Je me suis mis à chanter :

— Un jour mon prince viendra, il me dévorera, moi et tous mes amis…

— Très drôle, a dit Jalil d'un air désapprobateur.

Mais il s'est mis à rire, moqueur.

— Il me mangera la tête, il me mangera la tête! Et la tête, alouette! Aaaa… alouette, gentille alouette, alouette, je te mangerai! ai-je continué.

— Christopher, tu peux arrêter avec tes chansons de mauvais goût, a grogné April.

– Ce n'est pas de mauvais goût, c'est drôle, comme moi, ai-je répondu. Oh mais, regardez ça!

Nous n'avions pas fait beaucoup de chemin. Nous avions à peine fini de grimper un petit sentier à pente raide, presque à quatre pattes. Nous avions rejoint une intersection. Devant nous, des Hetwan se sont précipités dans une direction et un couple de Féeriens a voleté dans l'autre.

Mais c'était une sorte de poteau planté au milieu du carrefour qui avait attiré mon regard. Il n'était pas très gros, de la taille d'un bâton. Au sommet était planté ce qui ressemblait à une énorme boule de vieille gomme à mâcher de couleur gris-rose. Les quatre côtés avaient été grossièrement aplatis et dessus étaient accrochés des dessins. On aurait dit une de ces images faites par de vieux ordinateurs, uniquement composées de x et de o. Là, il s'agissait d'une multitude de points, qui auraient très bien pu être faits au feutre.

Il fallait **regarder** l'image pendant un moment avant de distinguer ce qu'elle représentait. L'auteur de cette illustration devait être un extra-terrestre, sans aucun doute. Le portrait manquait incontestablement de réalisme. Il avait dû être réalisé d'après des descriptions recueillies çà et là.

Et pourtant, malgré tout, il n'y avait aucun doute sur l'identité de la personne. J'ai senti mon sang se glacer dans mes veines.

— Senna, a laissé échapper April.

Le portrait de Senna Wales nous fixait du haut de son perchoir, plaqué des quatre côtés de cette grosse boule de gomme à mâcher.

— Un avis de recherche hetwan, a dit Jalil.

David a approuvé d'un signe de tête, sans voix. Pauvre garçon, même ici, même maintenant, en regardant un croquis fait par un extra-terrestre, il était envoûté, prisonnier.

— Ils la recherchent, a repris Jalil. Comme ça, ils sont sûrs que tous ceux qui ont traversé la cité de Ka Anor savent qu'il veut la capturer.

— Vous connaissez cette personne ? a demandé Ganymède.

— Est-elle réellement aussi froide et distante qu'elle paraît sur cette représentation ? a voulu savoir Dionysos, intéressé, ai-je pensé, de se trouver en face d'une humaine très différente de celles qu'il connaissait.

— Il est inutile de l'inviter à une de vos fêtes, ai-je dit. Elle n'est vraiment pas drôle. Plutôt sinistre.

— C'est une sorcière, a ajouté Jalil qui semblait dégoûté par ce mot. Elle est le passage. C'est ce qu'ils croient. Loki la veut. Ka Anor aussi.

— Une sorcière ? Hum.

Dionysos considérait la chose. Je devinais son vieil esprit de coureur de jupons s'agiter sous son crâne. Je vous jure qu'il était en train de se représenter Senna habillée du strict minimum dans un costume de sorcière grecque. Il la voyait déjà servir de hors-d'œuvre lors de sa prochaine petite fête.

— Au moins, ils n'ont pas affiché nos portraits, a fait remarquer April.

Elle ne montrait aucune compassion pour sa demi-sœur. Elle ne s'en sentait pas vraiment proche.

— Et il est trop tôt pour que ceux de Dionysos et de Ganymède soient déjà exposés, a estimé Jalil. Mais, une chose est sûre, les Hetwan sont parfaitement capables de reconnaître un visage.

Nous nous sommes remis en marche, nous avons dépassé le poteau, mais l'image de Senna continuait de planer au-dessus de nous, vampirisant nos esprits, tuant toute envie de conversation. J'avais l'impression de voir David se vider de son énergie.

Nous avions essayé de ne pas prêter trop d'attention au portrait de Senna pour ne pas paraître suspects, car il y avait des Hetwan partout. Sur les chemins, dans les escaliers, partout aux fenêtres ouvertes.

Nous entretenions des relations complexes, nous tous et Senna. Je connaissais le problème que j'avais avec elle. Je connaissais le problème que David avait avec elle. Mais pourquoi Jalil et April la détestaient tant, cela restait un mystère.

Nous étions tous les quatre perdus dans nos sombres pensées et nous ne nous sommes pas rendu compte que Dionysos était en train de nous jouer un sale tour.

Il était derrière nous, hors de vue. Erreur. Et quand je me suis retourné pour voir ce qu'il faisait, il était trop tard.

Il était accompagné d'une sculpturale nymphe verte et d'une femme qui aurait très bien pu faire de la pub pour des sous-vêtements. Juste derrière lui, un solide gaillard portait une barrique de vin.

Dionysos avait décidé d'organiser une fête. Il faisait peu à peu apparaître des choses qui n'auraient jamais dû se trouver là.

Et même les Hetwan ont deviné ce qui se passait.

CHAPITRE 24

Un Hetwan s'est mis à hurler.

Au bout du chemin, sur notre droite, sur notre gauche, au-dessus de nous, aux fenêtres ouvertes et illuminées, dans l'encadrement des portes, des Hetwan ont tourné leur tête.

Leurs yeux se sont fixés… sur nous.

Nous étions sans défense. Qu'allions-nous faire ? Nous étions comme des fourmis prises au piège dans une immense termitière. Et nous ne pouvions fuir nulle part.

— À l'intérieur ! a ordonné David.

Les Hetwan se sont précipités sur nous. De partout. De tous les côtés à la fois. Ils avaient repéré un dieu, et Ka Anor avait une petite faim.

David s'est arrêté près d'une fenêtre. Un Hetwan s'apprêtait à sortir. David l'a embroché.

— On bouge ! a-t-il hurlé.

Il a attrapé April et l'a pratiquement jetée à l'intérieur.

Dionysos s'est précipité pour être le prochain,

en poussant de petits cris plaintifs, bredouillant à propos de « sa possible erreur, mais qui partait d'un bon sentiment ».

C'était la panique. Dionysos s'agrippait au rebord de la fenêtre pendant que Jalil le poussait de toutes ses forces. Le dieu de la fête est entré, suivi de Jalil, puis je me suis ensuite débrouillé pour grimper tout seul. Les Hetwan se jetaient sur nous. David donnait de grands coups d'épée. Je suis tombé de l'autre côté de la fenêtre. J'ai attrapé la main libre de David, je l'ai tiré vers moi, le plus fort possible, tandis que des Hetwan se regroupaient tout autour de lui.

Nous étions dans une petite pièce. Avec une ouverture. Un sombre tunnel. Il menait à l'intérieur de la tour. Oh, non, je ne voulais pas y aller. J'ai jeté un œil derrière moi, comme si je pouvais espérer sauter par la fenêtre et m'enfuir.

Ganymède !

Il était encore dehors. Des Hetwan tout autour de lui, une douzaine de mains extraterrestres le saisissaient, le déchiraient, le cognaient.

— Viens ! m'a crié David.

Je me suis figé. Le regard fixe. Je devais le sauver.

— Bon sang, laisse tomber, a insisté David. Nous ne pouvons plus rien pour lui. Sauvons notre peau.

J'ai détourné le regard. Je sentais mes intestins se tordre. Il m'avait sauvé la vie, il n'y avait pas une heure. Il avait failli s'écraser contre les pointes acérées de ce gouffre pour me sauver.

J'ai couru. J'ai couru pour sauver ma peau qui ne le méritait pas. Honte sur moi. J'avais honte, mais je courais.

Il fallait sortir de cette petite pièce vide. Nous nous sommes engagés dans le sombre tunnel. Des Hetwan! Ils fonçaient vers nous, en masse.

David a frappé.

J'ai foncé dans le tas, sans arme. Sans retenue. Je les ai repoussés, comme un joueur de football américain repoussant les lignes de défense adverses.

Je me suis remis à courir. Les Hetwan à nos trousses. Et d'autres devant nous. Nous étions pris au piège.

— Continuez à avancer, a hurlé David.

Nous avons foncé dans le tas, avec nos solides corps d'humains, avec nos os lourds, nous avons foncé dans des créatures assez légères pour voler. Des mammifères contre des volatiles. Voilà à quoi ressemblait cette bataille. Nous les avons écrasés, piétinés, nous entendions leur squelette craquer sous notre poids. Ces Hetwan n'étaient pas armés.

Nous avons couru. Nos pieds s'enfonçaient dans un sol spongieux, comme si cet endroit était fait de pâte crue.

Les Hetwan ne pouvaient pas utiliser leurs ailes dans ce tunnel. Avec nos pieds nous étions plus rapides. La course était gagnée d'avance. Sauf qu'ils étaient dix fois plus nombreux que nous.

Le tunnel descendait ensuite en pente raide, comme les montagnes russes dans une fête foraine. Jalil s'est lancé. Nous l'avons suivi en nous bousculant tous dans notre précipitation. Nous tombions sans retenue, roulions sur nous-mêmes, dans un joyeux mélange de bras et de jambes, de cris et de hurlements, de souffles rauques. Des pieds frappaient des poitrines, des coudes cognaient des nez.

Nous roulions, puis la pente est devenue moins raide et nous nous sommes mis à glisser. Sur un toboggan sans eau qui tournait sans cesse, mais qui nous emmenait toujours plus bas.

J'étais sur le dos. J'ai regardé derrière moi et j'ai vu les Hetwan qui fonçaient à notre poursuite. Ils allaient plus vite que nous, même s'ils étaient plus légers. Ils offraient moins de résistance à l'air.

J'ai essayé de prendre de la vitesse. La tête chauve de Dionysos était à quelques centimètres de mes pieds.

Le Hetwan le plus proche gagnait du terrain sur moi. Il me visait, il me visait avec sa super sarbacane. Il se rapprochait. Il allait me faire un trou dans les cheveux, me percer le crâne et faire griller mon cerveau.

J'ai levé les mains au-dessus de ma tête, les bras bien tendus, les épaules légèrement remontées, les poings serrés. Est-ce que je ne prenais pas le risque d'être embroché par la sarbacane? Ça valait encore mieux que de brûler vif.

J'ai appuyé les côtés de mes chaussures sur les parois du tunnel. Je ralentissais. Le Hetwan arrivait à fond sur moi. Je l'ai saisi par les épaules. La pointe acérée de son arme m'a égratigné la tempe et s'est arrêtée juste avant de me transpercer l'épaule.

Le Hetwan a déployé légèrement ses ailes pour réduire sa vitesse.

J'ai continué à freiner au maximum et j'ai lâché ses épaules pour saisir sa tête. Je l'ai tenue fermement et j'ai relâché la pression de mes « freins ». J'ai serré mes jambes l'une contre l'autre et j'ai repris de la vitesse.

J'ai accéléré juste au moment où le Hetwan freinait. Sa tête est restée dans mes mains. Son corps, lui, est resté sur place en se tortillant spasmodiquement. Ses ailes étaient restées ouvertes. Le corps continuait à ralentir et il a été heurté par un autre Hetwan qui descendait. On aurait dit une collision sur une autoroute.

Je tenais la tête de ma victime, avec la sarbacane toujours en place. Cette tête qui était à peu près de la même taille que la mienne, avec des yeux énormes, des yeux de mouche à facettes.

Je voulais m'en débarrasser, mais elle se serait mise à rouler derrière moi. Il ne fallait pas que je la lâche. Les mandibules bougeaient encore et me chatouillaient le ventre.

Soudain, nous sommes sortis du tunnel, nous avons roulé sur le sol. Stop. J'avais mal partout. J'ai essayé de reprendre ma respiration. J'ai regardé autour de moi. Nous étions tous là, sauf Ganymède. Cinq personnes avec de faibles chances de survivre, à bout de souffle et gémissantes.

— Qu'est-ce que c'est que ça ? a demandé Jalil en découvrant la tête du Hetwan.

— C'est pour fêter l'Halloween, mon vieux.

— Où est Ganymède ? a demandé April.

Pas de réponse. Que pouvions-nous bien répondre à cette question ? Nous n'avions aucune excuse pour l'avoir abandonné. Aucune excuse pour expliquer notre lâcheté.

Le corps du Hetwan sans tête, brisé, démantibulé, est tombé du tunnel. D'autres Hetwan sont arrivés à sa suite en essayant de se remettre rapidement sur leurs pattes.

J'ai pointé mon arme vers eux. J'ai passé un bras sous la sarbacane et, avec l'autre main, j'ai donné un coup derrière la tête.

Un jet de poison a été projeté au loin. Je les avais manqués. J'ai poussé un petit cri de surprise. Puis j'ai essayé une seconde fois. Le poison est parti. Il a frappé en pleine poitrine le Hetwan le plus proche, qui s'est mis à hurler. Un trou s'est immédiatement formé dans son thorax.

J'ai visé de nouveau. Je l'ai touché une nouvelle fois, au visage.

— Allons-y ! a ordonné David.

Nous avons déguerpi. Tous. Ganymède était trop loin pour qu'on tente quoi que ce soit pour lui. Nous l'avions abandonné pour toujours. Où étions-nous?

Nous courions sur une espèce de sol spongieux et mou. Les ténèbres au-dessus de nous paraissaient sans fin. J'avais le sentiment terrifiant que nous nous trouvions à l'intérieur d'une chose vivante.

CHAPÎTRE 25

Nous filions à travers des tunnels vivants, les sombres veines et les sombres artères de cette termitière monstrueuse. Nous courions, encore et encore, obligés de traîner Dionysos. Puis nous avons ralenti, avant de nous arrêter, à bout de souffle, les mains sur les genoux, pliés en deux, à peine capables de tenir debout.

Nous étions à bout de forces. Effrayés. Épuisés. Honteux.

Où étaient les Hetwan ? Comment avait-on pu les semer ? C'était leur demeure, leur territoire. Il était impossible qu'on les ait semés.

Et cependant, nous étions seuls. Tous les quatre avec ce dieu inutile. Dans une obscurité presque totale. Seuls avec cette sensation d'être observés, épiés, suivis à distance.

Les Hetwan avaient-ils été effrayés ? Pensaient-ils qu'ils n'avaient aucune chance de gagner en se battant contre nous ? Si c'était le cas, ils étaient vraiment bêtes. S'ils nous avaient tous attaqués en même temps, nous n'aurions eu aucune chance.

— Que se passe-t-il ? a demandé Jalil.

David a remué doucement la tête. De la sueur perlait de son front. April avait du mal à reprendre son souffle.

Dionysos était le seul qui ne paraissait pas fatigué, enfin pas vraiment. Il se plaignait, il bougeait lentement, il haletait, mais il récupérait très vite. Je ne pouvais pas le sentir. Cet immortel jouait la comédie. Sa fatigue était de la comédie, toute forme de faiblesse humaine était chez lui de la comédie. Je suspectais même son ivresse d'en être. Il était toujours en vie. Ganymède avait disparu.

J'aurais voulu m'arracher les cheveux un à un. Sortir mes yeux de leur orbite. Ganymède m'avait sauvé la vie et je l'avais trahi. Je n'étais pas pardonnable. Je ne le serais jamais.

— Bien, nous ferions mieux de bouger. Mais je serais bien incapable de dire quelle direction choisir, a laissé tomber David.

Il a regardé la brûlure sur son bras.

Je sentais mes propres brûlures me faire souffrir. Mes écorchures, mes muscles endoloris. Mais tout ça n'avait pas d'importance. Tout ça était bienvenu.

Pas de pardon. Pourquoi n'as-tu pas risqué ta vie pour celui qui a sauvé la tienne ? Pourquoi n'avoir pas choisi de mourir en essayant de lui porter secours ? Ce comportement n'est pas digne d'un humain.

Je n'étais qu'un misérable, un inutile et un incapable. Des minables comme Trent et Keith avaient cru que j'étais des leurs, et peut-être avaient-ils raison. Peut-être avaient-ils vu en moi ce que je refusais de voir.

Je revoyais la main de Ganymède qui m'avait agrippé et soulevé alors que j'étais en train de hurler comme un dément aux portes de la mort. Il n'aurait pas survécu, lui non plus, immortel ou pas, si nous nous étions écrasés contre ces pics de glace. Et je m'étais enfui.

— Christopher, réveille-toi, mon grand.

C'était David. Les autres étaient déjà repartis. Ils marchaient en chancelant, traînant leur triste personne à travers ces sombres couloirs.

— Allez, viens. Dionysos prétend qu'il sait quelle direction prendre.

— Qu'il crève.

David m'a attrapé par le bras et m'a secoué gentiment. Il m'a tiré pour me forcer à bouger.

— Il a peut-être réussi à s'enfuir, a dit David comme s'il lisait dans mes pensées. On ne sait jamais. Il s'est peut-être enfui. Nous avons bien réussi à le faire, non?

Je n'ai rien répondu. J'étais incapable de me raccrocher à cet espoir. Mais je pouvais envisager cette possibilité, si improbable soit-elle. Peut-être. Peut-être qu'il avait réussi à s'en sortir. Oui, peut-être.

Dionysos ouvrait la marche. Il ne semblait pas vraiment affecté par la perte de son compagnon.

Il parlait de son sens de l'orientation infaillible, prétendant qu'il était toujours capable de retrouver le chemin de l'Olympe, où qu'il se trouve, qu'il fasse jour ou nuit.

Il nous montrait le chemin et le sol sous nos pieds nous observait.

— On dirait qu'il y a de lumière droit devant, a-t-il annoncé.

Il y avait effectivement de la lumière. Une lueur verdâtre. Mais il ne s'agissait pas du soleil, même pas de celui d'Utopia. Et il y avait du bruit, un son, énorme, répétitif.

— On dirait une sorte de chant, a fait remarquer April. C'est étrange. Ça sonne faux, mais ça ressemble à une espèce de litanie religieuse.

Nous avons avancé, prudemment, lentement. David brandissait l'épée de Galaad devant lui. Jalil avait sorti son petit couteau dont il avait déplié la lame. J'avais jeté mon arme macabre, il ne me restait plus que mes poings nus.

Mais serais-je capable de m'en servir ?

Le tunnel finissait dans le vide. Nous nous sommes approchés du rebord. Nous avons découvert un endroit tellement vaste qu'il aurait pu servir de garage à une flotte entière d'immenses ballons dirigeables.

De forme cylindrique, ces parois étaient comme celles d'une ruche, percées de dizaines de milliers de petits trous d'où partaient des tunnels comme le nôtre. Nous nous trouvions un peu en dessous du sommet.

Au-dessus de nos têtes s'étalait un ciel noir : l'ouverture de l'immense aiguille dans laquelle nous étions prisonniers.

Des Hetwan sortaient par centaines des tunnels et descendaient pour rejoindre une masse d'insectes agglutinés au fond du gouffre. Il y en avait tant que je ne pouvais voir le sol.

Ils chantaient. Comme un rythme, pas très mélodieux, mais hypnotique. Sexuel. Un son qui, par sa puissance, son pouvoir, sa force de séduction, pénétrait mon cerveau et me donnait envie de me joindre au chœur, de devenir une partie de ce tout.

Mais les Hetwan n'étaient que les fidèles. Il y avait un dieu au milieu de tout ça : Ka Anor.

Il était immense. Mais il n'était pas qu'une chose. Il était tout à la fois.

Tous les cauchemars, toutes les terreurs, toutes les images les plus effroyables du plus effrayant des films d'horreur.

Il vous apparaissait différent après chaque clignement de vos yeux. Une masse bouillonnante de liquide répugnant. Une mâchoire grimaçante remplie de dents dégoulinantes de sang. Un immense Hetwan monstrueux avec une centaine d'yeux. Un volcan en éruption crachant des cadavres calcinés.

Impossible. Il ne pouvait pas être toutes ces choses à la fois. Ces images étaient dans ma tête. Tout ça était le fruit de mon imagination. Je le savais.

Mais le cri d'animal terrorisé qui montait dans ma gorge me faisait prendre conscience d'une vérité bien plus profonde : Ka Anor était la peur.

C'est alors qu'un Oiseau rouge est apparu dans le ciel. Dans ses tentacules, pendu au-dessus du vide, impuissant, il retenait le jeune homme dont la beauté avait attiré les yeux fouineurs et connaisseurs de Zeus dans les champs de Troie.

CHAPITRE 26

— Bon, ai-je chuchoté.

L'Oiseau rouge continuait à voler, imperturbable. Le chant est devenu plus intense, plus fervent. L'excitation montait parmi les Hetwan.

Ganymède luttait, mais inutilement.

Ka Anor s'est transformé en une énorme bête liquide, avec une tête, des épaules et des griffes menaçantes.

Une langue est sortie de sa bouche. Un nuage de minuscules insectes, des milliards d'araignées, d'asticots, toutes les fourmis de la terre, tout cela rassemblé pour former une langue lascive qui ondulait lentement vers le pauvre immortel.

— Non! ai-je crié.

Mon cri a été couvert par les chants. David m'a tiré en arrière, il a plaqué sa main sur ma bouche. Je me suis débattu.

J'étais comme fou, incapable de me contrôler. Je l'ai mordu, griffé.

Jalil m'a bloqué les bras de toutes ses forces.

— Ce n'est pas ta faute, mon gars, ce n'est pas ta faute, ne cessait de répéter David.

La langue de Ka Anor s'est enroulée autour du visage de Ganymède. Les milliards d'insectes, avec leurs milliards de petites dents coupantes et tranchantes, cette monstruosité vivante commandée par le mangeur de dieux a commencé à dépecer Ganymède.

J'ai crié.

April a posé sa main sur mes yeux puis elle s'est mise à dire une prière pour nous préserver de ce monstre. Une prière désespérée.

Mais personne ne m'empêchait d'entendre. Ganymède a hurlé durant un long moment. Le chant des Hetwan est devenu frénétique, extatique. Ils assistaient à un sacrement.

Tout cela m'a semblé durer une éternité. Puis Ganymède a fini par se taire. Et le chant des Hetwan s'est éteint. Lorsque David, Jalil et April m'ont relâché, je suis resté silencieux, moi aussi.

Les Hetwan étaient endormis, ou comme assommés. Ils dormaient paisiblement, satisfaits d'avoir fait leur devoir, d'avoir servi Ka Anor.

Ka Anor n'était plus rien. Rien qu'un endroit vide au centre de la ruche. Avait-il jamais été réel? N'était-il pas un cauchemar que les Hetwan faisaient apparaître à leur guise?

Non, il était bien assez réel.

Cela nous a pris des heures pour retrouver notre chemin dans ce labyrinthe. Des heures durant lesquelles nous nous attendions à tout instant à être attaqués par des Hetwan qui auraient enlevé Dionysos et qui nous auraient tués rapidement, avec un peu de chance.

Dionysos était toujours Dionysos. Je crois qu'on ne change pas un dieu. Je crois qu'il reste toujours ce qu'il est, prisonnier des forces et des faiblesses qu'il incarne. La vie était une fête pour lui. Elle le resterait toujours. Jusqu'à ce qu'il aille lui aussi nourrir Ka Anor.

Nous avons trouvé des Oiseaux rouges de l'autre côté de l'aiguille géante. Nous avions vu de nombreuses autres affiches de Senna. Les Hetwan commençaient à peine à regagner leur cité, un peu sonnés, comme après une nuit de folie.

Nous n'étions pas très bavards. Nous nous parlions juste lorsque c'était nécessaire. Nous sommes montés sur la plate-forme des Oiseaux rouges et nous avons décollé.

Le voyage allait être long pour rejoindre l'autre versant. Et je me sentais très fatigué. Si fatigué.

Je me suis endormi.

Je marchais dans la rue. Mais qu'est-ce que je portais? De la nourriture chinoise. Oui, j'étais allé au restaurant chinois pour acheter un menu à emporter.

J'ai eu droit au dernier flash d'information. J'ai laissé tomber mon sac. Du riz s'est déversé sur le trottoir. Je me suis agenouillé et j'ai bêtement essayé de le ramasser.

J'étais un lâche. Ganymède m'avait sauvé la vie. Je l'avais laissé mourir. Je l'avais laissé mourir.

« Ce n'est pas ta faute, me suis-je dit. Ce n'est pas ta faute. » Je répétais les mots de David.

Pas de pardon pour ça. Pas de pardon possible.

Tout ce que j'avais dans les intestins avait fini sur le trottoir, comme la nourriture chinoise. J'étais vidé. Sans substance. Mais qui étais-je ? Étais-je encore Christopher Hitchcock ?

Je n'étais plus rien. Comment pouvais-je continuer à vivre ?

Les arbres avaient revêtu leur feuillage d'automne, doré et vert, avec ici et là une timide teinte de rouge. L'air était pur et frais. Les rues étaient bordées de solides maisons bourgeoises devant lesquelles étaient garées de grosses voitures.

Je marchais comme dans un rêve. Avec des souvenirs qui n'étaient pas vraiment les miens. Portant le poids d'une faute et d'une trahison auxquelles j'étais étranger, et pourtant...

Je suis arrivé chez moi, en portant ce sac froissé et graisseux. Le vélo de mon petit frère était sous le porche. Étrange. On aurait dit qu'il avait été mis là pour bloquer la porte. Il était légèrement penché, mais soigneusement posé. Je me suis approché. Le plastique de la selle avait été déchiré. Non, coupé. En forme de croix gammée. Et sous la croix, une petite lettre : K.

Je me suis mis à boire, ici dans le monde réel, et j'ai continué à le faire de l'autre côté de la frontière. C'était drôle, en quelque sorte. Se soûler dans deux mondes à la fois. Mes deux moi

étaient en train de s'enivrer. Ce n'était pas difficile à Utopia, bien entendu, avec Dionysos toujours prêt à vous servir un verre.

David a commencé par râler, puis il a laissé
tomber. Qu'est-ce que ça pouvait bien faire ?
Nous n'étions pas poursuivis par les Hetwan. Ils
ne s'étaient certainement jamais doutés que
nous avions deux dieux avec nous, pas seulement un. Et si nous partions, eh bien, ils s'en
fichaient après tout.

De l'autre côté de ce monstrueux cratère,
nous avons atterri au milieu d'un groupe de
nains commerçants qui se rendaient chez
Ka Anor. Ils avaient des poneys chargés de marchandises. April les a convaincus de nous les
donner en échange des derniers diamants qui
nous restaient.

Fini la richesse.

Mais avec ces animaux, nous pourrions avancer plus vite. Et dormir plus longtemps. Vous
pensez peut-être qu'il est impossible de dormir
sur le dos d'un poney au beau milieu d'une forêt
dont les arbres chantent.

Eh bien, vous vous trompez. Goûtez au vin de
Dionysos et vous verrez que vous pourrez dormir
n'importe où.

Au bout de quelques jours, nous sommes sortis du territoire des Hetwan. Nous nous sommes
retrouvés sous un soleil de plomb.

Il faisait si chaud que tout ce que nous
buvions se transformait immédiatement en

sueur. J'étais dans un état second. Ici et là-bas, je m'apitoyais sur mon sort. Et je vais vous dire une bonne chose : boire de l'alcool ne résout aucun problème. Non, l'alcool vous fera peut-être oublier un instant votre culpabilité, votre honte, mais boire ne résout rien. Au contraire, vous recommencerez de plus belle à vous lamenter sur vous-même.

Dionysos était dans son élément dans ce pays où l'on crevait de chaleur. Nous n'étions plus que quatre loques transpirantes habillées comme des clowns accompagnant le grand dieu. Nous traversions des villes propres et colorées où nous étions accueillis par des jeunes filles qui brandissaient des bouquets de fleurs. Les gens recevaient un dieu qui ne se montrait pas ingrat. Il faisait couler le vin à flots, et les gens faisaient couler le vin à flots sur lui, et sur moi par la même occasion.

Il est difficile de comprendre quoi que ce soit à la géographie d'Utopia. Nous étions passés du pays des Hetwan à la Grèce antique, avec ses maisons basses aux murs épais. Sauf que, contrairement à celles qu'on a l'habitude de voir sur les dépliants touristiques, elles n'étaient pas blanches. Elles étaient peintes en bleu, en rose, en vert, en jaune doré.

Un bien beau pays. Trop chaud, mais avec des gens aimables et accueillants.

— Dionysos, mon ami, je meurs de soif.

Mon verre s'est immédiatement rempli. J'avais pourtant le sentiment que Dionysos ne m'aimait pas beaucoup. Ce qui n'était que justice car je ne l'aimais pas beaucoup moi non plus.

Et puis, au bout de, je ne sais pas, trois, quatre, cinq jours après Ka Anor, Dionysos s'est exclamé, en accompagnant ses paroles d'un geste théâtral :

— L'Olympe !

Mais son annonce n'a pas eu l'effet escompté, parce que, dans le ciel, à environ trois kilomètres au nord, aux confins de l'Olympe, le ciel était rempli de Hetwan.

CHAPITRE 27

J'ai inspiré profondément et j'ai regardé l'Olympe. À première vue, rien d'étrange. C'était une montagne. Pas aussi haute que les Alpes, mais une montagne.

L'Olympe. J'allais devenir immortel. Bien sûr, il faudrait quand même que je fasse attention à ne pas m'écraser à trois cents kilomètres à l'heure sur des pics de glace.

Ou à ne pas me faire dévorer par un psycho- pathe extraterrestre.

David s'est approché de moi.

— Nous allons entrer dans l'Olympe. Alors il serait peut-être temps que tu arrêtes de boire.

Je l'ai regardé d'un œil voilé.

— Que j'arrête de boire? Pourquoi? Tu veux faire bonne impression là-bas?

— Oui, en effet, a-t-il répondu. Dionysos nous a promis l'immortalité, tu te rappelles?

— Super, ai-je ricané. Je vais devoir me sup- porter pour l'éternité.

— Bon, écoute, Christopher, ça suffit maintenant.

Il a attrapé les rênes de mon poney et l'a arrêté. Nous étions dans une vigne ou je ne sais quoi. En tout cas, il y avait des grappes de raisins tout autour de nous. Dionysos était en tête de notre convoi, entouré de femmes à moitié nues, certaines probablement réelles, d'autres pas. Quelle importance ?

— Je n'oublie pas ce qui s'est passé, Christopher. Et je n'oublierai jamais. Je suis aussi triste que toi de ce qui est arrivé à Ganymède. Personne ne mérite ça. Mais nous en avons vu des choses terribles ici. Ce qui lui est arrivé est vraiment monstrueux et horrible, mais bon sang, Christopher, est-ce que c'est pire que ce que Hel réserve à ses victimes ? Ou Huitzilopochtli ? Écoute, nous sommes arrivés à l'Olympe. Fini les sacrifices humains. Fini les gens enterrés vivants. Fini les dieux qui se dévorent entre eux. Tout ça…

J'ai frappé, je lui ai donné un coup sur la tête, je me suis laissé tomber, l'entraînant dans ma chute, et nous nous sommes tous les deux retrouvés par terre.

— Mais qu'est-ce que tu…, a-t-il hurlé.

Je l'ai attrapé pour le plaquer au sol et j'ai commencé à lui donner des coups de poing, n'importe où.

Je suis plus grand que lui. Et si j'avais été dans mon état normal, il aurait vraiment eu du souci à se faire. Mais j'étais éméché et je frappais sans réfléchir, pris d'une rage folle, incontrôlée.

David a réussi à me donner un coup de genou sur le nez. Je suis allé valser dans la poussière, en larmes.

David s'est relevé en s'époussetant. Il m'a fixé, couché sur le sol :

— Bon sang, Christopher, qu'est-ce qui ne va pas chez toi ?

Les autres, April et Jalil, se sont arrêtés net, ils nous ont regardés, sans comprendre, je pense.

— Tout va bien.

J'ai enfoncé mes ongles dans la poussière.

— Je vais bien. Je suis ici. En vie. Tout va bien. Personne ne m'a écorché vif. Et tu sais pourquoi ? Tu sais pourquoi je vais bien ? Parce que je ne me suis pas fait dépecer comme un lapin, voilà pourquoi. Et il y a une espèce de malade qui menace ma famille, mais tu vois, je vais bien, ce n'est pas moi qui ai souffert.

David a regardé Jalil.

— Tu sais ce qui lui prend ?

Jalil a haussé les épaules. Il m'observait. Moi, le virus, lui, le scientifique à l'autre bout du microscope. Je l'intéressais.

— Je crois qu'il se sent coupable de ce qui est arrivé à Ganymède, a-t-il dit. Il pense qu'il aurait dû le sauver.

— Waouh, Jalil, quel génie ! me suis-je exclamé méchamment. Finalement, tu es peut-être intelligent.

— Tu n'es pas responsable de ce qui est arrivé, idiot, a repris David. Nous sommes tous responsables. J'étais là. Je t'ai dit de le laisser. On ne pouvait plus rien faire pour lui.

Je me suis relevé lentement. J'avais retrouvé tous mes esprits, mais mon corps était déshydraté et intoxiqué. J'ai brossé les vêtements en loques que j'avais extorqués aux nains.

— J'aurais peut-être pu le sauver. Peut-être pas. Mais tu sais, le problème, c'est que, durant un instant, quand j'ai vu les Hetwan l'encercler, à cet instant, j'ai pensé : « Faites-lui la peau. » Tu vois, c'est ça le problème. Et tu sais quoi d'autre, David, mon héros David ? Tu as pensé la même chose.

Le visage de David s'est crispé. Il n'a rien dit.

April l'a fixé intensément.

— Oh non, a-t-elle murmuré comme si elle était le témoin impuissant d'une tragédie.

— Et tous les deux, David, tous les deux nous savons pourquoi nous l'avons laissé mourir, pourquoi nous avons pensé : « Faites-lui la peau. » Nous sommes tous les deux dans le même bateau. Sauf que moi, il m'avait sauvé la vie. Et que je lui avais dit qu'il pouvait me demander ce qu'il voulait. Que je lui revaudrais ça. Parce que je lui devais la vie, tu comprends…

Je n'arrivais plus à parler. Je n'arrivais plus à respirer. Ma gorge était sèche.

— Je lui devais la vie. Ma vie. Ma seule et unique vie. Faites-lui la peau. Tu vois ?

Je babillais. Mes paroles n'avaient plus aucun sens. J'étais en train de me ridiculiser. Je passais pour un fou.

— Il faut que tu surmontes ça, est intervenu Jalil. Ça ne sert à rien de te torturer comme ça. C'est du passé.

— Il recherche le pardon, a déclaré April.

Des mots.

Je suis remonté sur mon poney et nous nous sommes dirigés vers l'Olympe.

Quelques heures plus tard, j'étais sobre. J'étais malade, j'avais envie de mourir, mon estomac me torturait, j'avais l'impression que ma tête allait exploser, mais j'étais sobre. J'étais sobre, malade et je me trouvais à l'Olympe, au pays des Dieux.

Comment décrire cet endroit? J'ai vu un film une fois, je ne me rappelle plus son titre. Enfin bref, on y voyait l'Olympe. Avec des temples grecs et des nuages.

Les véritables dieux de l'Olympe avaient une autre idée du confort.

Le sommet de la montagne était parfaitement plat, plat comme le dessus d'une table. Comme une sorte de mezzanine. Le sol était carrelé avec de grandes dalles de marbre incrustées d'or. Du marbre et de l'or. Et où le marbre finissait, le sol était couvert de mosaïque. Des millions de petits carrés parfaitement joints, en or, en ivoire, en émeraude. Le tout représentant des scènes de fête, de chasse, de guerre.

Il y avait une sorte d'avenue, aussi large que six autoroutes, bordée d'immenses domaines aux colonnes de marbre. Il s'agissait des demeures des dieux. Construites en marbre et en or. Que d'or, que d'or, que d'or.

Çà et là, tout ce beau monde déambulait, tranquille. Des immortels, des dieux, des nymphes, des satyres, mais aussi de terribles gaillards, des femmes superbes, tous confiants dans leur puissance et conscients de leur rang. Sauf qu'ils ignoraient que des Hetwan se regroupaient en nombre au nord de leur beau paradis. Ou alors, ils s'imaginaient peut-être, avec leurs pouvoirs, être capables de les repousser.

C'est sûr que nous n'avions pas vraiment l'impression de nous trouver dans un camp retranché.

Nous étions des clochards miteux. De pauvres créatures pitoyables et épuisées sur des poneys crasseux. Les immortels saluaient Dionysos, l'interpellaient, mais ils riaient lorsqu'ils nous voyaient.

Au bout de l'avenue, nous sommes arrivés devant des fontaines qui déversaient des tonnes d'eau par des bouches de nymphes construites en diamant ou des têtes de chevaux couvertes d'or. Puis, nous sommes passés devant des rangées de statues avant de nous engager dans des allées bordées d'arbres argentés et décorées de fleurs d'une beauté extraordinaire. Au milieu de tout ça se dressait un temple si grand qu'il aurait pu contenir tous les autres.

— La demeure de mon père, le grand Zeus, a annoncé Dionysos, grandiloquent. Attendez-moi, je vais lui annoncer que je suis de retour. Vous ne savez pas ce qu'est une véritable fête, mes amis mortels. Vous n'imaginez pas comment nous allons fêter ça. Et, bien entendu, je vais lui raconter ce que vous avez fait pour moi. Il ne fait aucun doute qu'il va vous offrir l'immortalité et une demeure ici, parmi nous.

— Je serais également heureux d'avoir de nouveaux vêtements et de prendre une bonne douche, a dit Jalil.

Dionysos a mis son bras autour de moi. Je pense que nous étions désormais copains. Je m'étais soûlé avec lui.

— L'immortalité, a-t-il repris. Vous n'allez pas le regretter. Les mortels qui y accèdent sont rares, très rares.

— Comme Ganymède, ai-je dit.

— Oui, a fait Dionysos joyeusement.

Puis, après un court instant de réflexion, il a ajouté :

— Pauvre garçon. Quelle pitié. Il était très apprécié. Enfin, qu'importe, nous allons organiser une fête en l'honneur des nouveaux immortels de l'Olympe.

Je n'ai rien ajouté. Le vieux dingue m'offrait la possibilité de me racheter. De faire la paix avec moi-même.

Je devais une vie à Ganymède. Tôt ou tard, j'allais mourir, dans ce monde ou dans l'autre, le mien. Mais ça ne suffirait pas. Tout le monde meurt.

Mais tout le monde ne renonce pas à l'immortalité.

J'ai fermé les yeux et je me suis revu tomber, tomber vers ces pics de glace meurtriers. J'ai vu une main me rattraper, me retenir.

Je revivais ces moments avec un soulagement que je n'avais encore jamais ressenti. Ce n'était pas suffisant. Je ne réécrirais pas le passé. Ça ne ferait pas revenir celui que j'avais sacrifié. Mais j'allais payer une partie de ma dette.

Le jour viendrait peut-être où je pourrais me venger de Ka Anor. Il allait peut-être débarquer ici. Et j'allais peut-être trouver le moyen de lui régler son compte.

Nous serions alors à égalité.

J'ai rigolé. David a tourné son regard vers moi, d'un air surpris.

— Qu'est-ce qu'il y a de drôle ?

— Moi. Certains s'en sortent grâce à la religion, d'autres au sport. Et moi ? J'ai rencontré un grand Troyen. Va comprendre.

— Hum, hum, a-t-il fait, circonspect.

J'ai regardé autour de moi et j'ai repéré une créature superbe, genre Jennifer Lopez, habillée d'une simple toge. Mon look de bébé en couche devait la faire craquer.

L'Olympe, hein ? Plutôt cool.

Payette & Simms inc.

Achevé d'imprimer en janvier 2004 sur les presses de
Payette & Simms inc. à Saint-Lambert (Québec)